講談社文庫

凜々《りんりん》

五坪道場一手指南

牧 秀彦

講談社

目次

第一話　流れて悔いなし　7
第二話　生き胴試し　107
第三話　奇傑からの助言　202

凜々

五坪道場一手指南2

第一話　流れて悔いなし

一

神田《かんだ》川《がわ》は江都《こうと》——後の東京都の中央部を流れている。

井《い》ノ頭《がしら》を水源として大川《おおかわ》に至る神田川は、天然自然の湧《わ》き水を江戸市中へ供給する上水道を兼ねていた。

東照《とうしょう》大権現《だいごんげん》こと徳川家康《とくがわいえやす》公のお声がかりによって天正《てんしょう》十八年（一五九〇）に整えられて以来、良質の湧き水は江都の人々の喉《のど》を潤してくれる甘露となり、開通から二百年余が過ぎた文化《ぶんか》元年（一八〇四）の今も変わることなく、日々流れている。

頃は五月中旬、陽暦では六月の後半に当たる。

梅雨《つゆ》の晴れ間、江戸の空は蒼《あお》く澄み渡っていた。

神田川が大川と合流する下流部に、柳橋《やなぎばし》が在《あ》る。

後世の神田川には合わせて百四十もの橋があるが、その多くは明治維新後から昭和の世にかけて架けられたものだ。文化元年現在は橋の数も十分ではなく、対岸へ渡りたければ架橋されている場所までいちいち移動しなくてはならなかった。

限られた数の橋は交通の要衝であり、人の往来も多い。

とりわけ柳橋界隈《かいわい》は、一際の賑《にぎ》わいを見せていた。橋の西詰は江戸有数の盛り場として知られる両国広小路《りょうごくひろこうじ》に繋《つな》がっており、東詰には貸席と料理茶屋、そして芸者置屋と船宿が軒を連ねている。

しかし朝五つ、まだ午前八時頃となれば辺りは静まり返っていた。朝寝を決め込む芸者衆が起き出して身支度を始め、歌舞音曲の稽古《けいこ》に出かけるまでにはしばしの刻がかかりそうである。

静寂に包まれた柳橋を尻目《しりめ》に神田川を上流へ向かって歩いて行くと、浅草橋《あさくさばし》の斜め向こうの土手に柳並木が見えてくる。柳原《やなぎはら》土手だ。

古着や古道具の店がひしめき合う柳原土手は、ひとたび日が暮れれば夜鷹《よたか》と称する街娼《がいしょう》の稼ぎ場に一変する。遊客が立ち寄る蕎麦《そば》の屋台も夜通し開いており、深更まで人気《ひとけ》が絶えることはない。

そんな猥雑《わいざつ》な雰囲気も、夜が明けると同時に霧散する。

柳の葉をそよがせて吹き過ぎる薫風《くんぷう》に、古着屋の店先に吊《つる》された洗い晒《ざら》しの単衣《ひとえ》や浴衣《ゆかた》が翩翻《へんぽん》と舞っている。

夏物の需要が増える季節を迎え、どの店も朝早くから商いに励んでいた。

長屋暮らしの貧しい庶民には季節ごとに着衣を新調する余裕はない。一張羅《いっちょうら》の絹物はもとより、ふだん着の木綿物や麻物も擦り切れるまで大切に用いる。替えが入り用になったときも呉服屋や太物屋《ふとものや》から反物を買ってきて仕立てるのではなく、柳原土手のように古着屋が集まっているところへ出向き、玉石混淆《ぎょくせきこんこう》の中から裄丈《ゆきたけ》の合うものを選んで入手するのが常だった。

富裕な商家や武家で不要になって処分された古着の中には、思わぬ良品が混じっていることも多々ある。柳原の古着屋には町場のおかみさんばかりでなく小禄の御家人の妻女も通って来ては掘り出し物を見付けるのに余念がなかった。

昼も夜も賑々しい柳原界隈と違って、新シ橋《あたら》――後の美倉橋《みくらばし》を挟んだ対岸の向柳原《むこうやなぎはら》は閑静そのものである。

一帯には武家屋敷が多く、番人が目を光らせているため胡乱《うろん》な輩《やから》が入り込むこともない。盛り場に近くても風紀が良く、安心して暮らせる場所であった。

この向柳原の町人地の一隅に、小体《こてい》な剣術道場が在る。

長屋を改装した五坪ばかりの町道場だが造りは本格だった。床は一枚板張りで衝撃に強く、掛かり稽古でどれほど激しく踏んでも足を傷めることはない。

一年前に道場を開いたのは、江戸では無名の若い剣客である。

室町《むろまち》の世に名を馳《は》せた兵法者・中条 兵庫守 長秀《ちゆうじようひようごのかみながひで》が創始した中条流剣術の皆伝者とのことだが、防具を着けて竹刀《しない》で打ち合う撃剣《げつけん》が稽古・試合方法の主流となって久しい今日《きよう》びの江戸では入門を望む者も多くはないはずだった。

それでも三十前の若者が五坪とはいえ一丁前に道場を構えているとなれば、名にし負う江戸の剣客たちにとって面白かろうはずはない。生意気な奴《やつ》と見なし、道場破りをして叩《たた》き潰《つぶ》してやろうと勇躍乗り込む者は後を絶たなかったが、一度として功を奏したという話は聞こえてこなかった。

敗れた者たちが自らの恥を語るはずもなかったが、風聞によると若い道場主は常に竹刀を手にして相対し、乗り込んできた者が疲労困憊《こんぱい》して動けなくなるまで好き勝手に打ち込ませた上で、いつも丁重にお帰り願っているらしい。

乱世の合戦場《かつせんば》における白兵戦《はくへいせん》でも行使されてきた古《いにしえ》の実戦剣術となれば当然、稽古でも試合でも用いるのは木刀のみのはずである。

ところが道場主は入門者には防具の着用を徹底させ、竹刀ばかりを使用させているらしい。古流剣術の遣い手の多くが軟弱と見なして止まないはずの防具と竹刀を率先して導入し、自らが他者と立ち合うときも木刀を手にすることが無いというのは、何とも奇妙な話だった。

道場主の姓名は日比野左内《ひびのさない》という。

若き剣客の素性は生まれが加賀国《かがのくに》であることと、当年で二十七歳になること以外は誰も知らない。

向柳原の日比野道場については今一つ、まことしやかに囁《ささや》かれている噂《うわさ》がある。

ふだんは子どもだけに指南をしているが、よんどころない理由から剣を学ぶ必要に迫られた人々には老若男女を問わず、密かに手ほどきをしてくれるという。

とりわけ仇討《あだう》ちを望む者には親身となって相談に乗り、年齢や技量を踏まえた上で一刀の下に対手を倒すことのできる技を授けてやっているらしい。撃剣を専門に指導する道場主がやっているとは、とても思えぬ話だった。

仇討ちは武家の家長が不覚を取って命を落としたとき、残された子弟が家名を存続させるために遂行することである。もしも成就《じょうじゅ》できなければ家を取り潰されて一族は路頭に迷ってしまうため、是が非でも仇を討ち果たさなくてはならないのだ。

故人の汚名を雪《そそ》ぐため助太刀《すけだち》するのは武士の美徳とされており、たとえ縁戚《えんせき》以外の者が手を貸したとしても御法に触れるわけではない。事実、今から二十一年前の天明《てんめい》三年（一七八三）に神道無念流《しんとうむねんりゅう》の高名な剣客である戸賀崎熊太郎《とがさきくまたろう》が助勢し、下総国《しもうさのくに》の一少年による父親の仇討ちを見事に成就させた神楽坂行願寺《かぐらざかぎょうがんじ》の仇討ちは江戸中の評判となり、戸賀崎一門と神道無念流の名声を大いに高めたものであった。

一方の日比野左内は、別に表立って助太刀をするわけではない。稽古をつける上での正当な報酬として薄謝を受け取るのみで、他には何ら見返りを求めるでもなく、切羽詰まった人々のために一肌脱いでいる。

生来無欲な人物なのか、それとも仇討ちという行為に特別な想いを抱いているのであろうか――

誰一人として、その真意を知る者はいなかった。

明るく晴れ渡った空の下、薫風に乗って元気一杯の声が聞こえてくる。

「一！　二！」

「いち！　に！」

神田川沿いの道を一団の少年が駆け抜けていく。

まだ六つ七つの年少者から、もうすぐ元服と思しき年嵩《としかさ》の者に至るまで、総勢二十名近くの集団だった。

どの子も皆、裸足《はだし》である。

舗装などされていなくても、足の裏を傷つけてしまう恐れはまったく無い。どの家でも朝早いうちから前の路上を丹念に掃き清め、古釘《ふるくぎ》であれ茶碗《ちゃわん》のかけらであれ、見逃さずに拾い集めておいてくれるからだ。それは隣近所への配慮であると同時に、何でも無駄にせず再利用する庶民の日々の営みなのであった。

しっとりと湿った土を踏んでいく少年たちは、前後ふたつの集団を成していた。

「一！　二！」

年嵩の面々が先頭に立ち、小さな者を励ますように声を上げる。

「いち！　に！」

後に続く年少者の一団は呼応して声を張り上げ、兄弟子に遅れまいとして一所懸命に付いていく。

先導する年長組も心得たもので、年少組が音を上げぬように加減しつつ歩を進めていた。もちろん自分たちの五体を鍛錬することも怠ってはおらず、踵《かかと》が腿《もも》の裏に着きそうになるまでしっかり地を蹴《け》り、力強く駆けていた。

少年たちは新シ橋を越えて対岸に渡り、柳原土手に出た。

どの子も刺《さ》し子《こ》の道着《どうぎ》と綿袴《めんばかま》を着けている。道着といっても洗い晒しの浴衣などを仕立て直したものがほとんどであり、袴も端切れの綿布を適当に縫い合わせて染めただけの代物だった。日比野道場の門弟は貧しい御家人の子弟や、長屋住まいの町民の子ばかりだからだ。それでも親たちの心尽くしの品であることに変わりはなく、継《つ》ぎ接《は》ぎだらけでも恥ずかしそうにしている子など誰もいない。

「一！　二！」

「いち！　に！」

古着屋が軒を連ねる土手を、少年たちは元気一杯に駆け抜ける。

「元気なもんだねぇ」

古着屋の親爺《おやじ》が目を細めて見送る。

休むことなく走り続けていても一向に苦にならないらしく、脚の運びはみんな闊達《かったつ》そのものであった。

そんな元気な子どもたちと伴走しつつ注意を与える、道着姿の若い武士がいた。

「ほら、脇《わき》を締めて！　顎《あご》は上げちゃいけないよ！」

柔らかい口調ながらも能《よ》く通る声だった。

身の丈は六尺に近く、四肢が伸びやかで脚も長い。

腰高の体型でありながら、安定した足の運びである。

栗《くり》色がかった前髪がふわり、ふわりと風に揺れていた。

月代《さかやき》を剃《そ》らずに、伸ばした髪を元結《もとゆい》で無造作に束ねていることから無禄の浪人者と一目で判る。主家《しゅけ》に仕《つか》える身ならば常に鬢《びん》付け油を用いて髷《まげ》を結い上げ、前頭部には剃りを入れておかなくてはならないからだ。

武士がこうして月代を長く伸ばしたまま過ごすことは、患《わずら》って臥《ふ》せっているときにのみ許されることである。もしも主持《しゅうもち》の侍が同じ態《てい》でいれば、上役から厳しいお咎《とが》めを喰《く》らうに違いない。

絵に描いたような浪人体でいても、この若い武士に尾羽《おは》打《う》ち枯《か》らした印象はまるで無く、生き生きとしている。

造作も若々しかった。やや面長《おもなが》だが顎の先がまるみを帯びており、端整な顔立ちをしていてもどことなく愛敬を感じさせる。凛《りん》とした双眸《そうぼう》も涼やかな、二十代の半ばを過ぎたばかりと見受けられる好青年であった。

日比野左内、二十七歳。

向柳原に小さな道場を構え、子ども相手に剣術を指南している若き剣客である。

門弟一同を引き連れて目指す先は、神田上水の水源に当たる井ノ頭だ。

今日の遠足は稽古の一環だった。

剣術修行においては、足腰を鍛えることも欠かせない。用いるのが竹刀であれ木刀であれ、打ち込むときに原動力となるのは上半身よりも下半身、とりわけ左脚だからである。まして防具を着けた状態で軽快に立ち回るには息が上がらぬように日頃から鍛え込んでおく心がけが不可欠だった。そこで左内は好天続きを幸いとばかりに門弟の少年たちを連れて遠駆けに赴《おもむ》いたのだ。足腰の鍛錬を兼ねて、門弟の皆に武蔵野《むさしの》の自然と触れ合わせてやりたいと思い立ったのである。

急《せ》いた行程ではない。朝の早いうちに出立《しゅったつ》し、ゆっくり二刻ばかりかけて目的地へ着けるように左内は段取っていた。

神田川の総延長はおよそ六里（二十四キロメートル）少々である。左内にしてみれば一刻と費やすことなく、楽々と踏破することが可能な距離だった。

もとより、弟子子《でしご》の皆とて常日頃から鍛えた体の持ち主である。

六里といえば、ふつうの子どもが旅に出たとき一日にやっと歩ける行程だ。それを二刻で走り切り、来た道を取って返せるだけの体力を備えているとなれば相当な健脚揃《ぞろ》いと言っていいだろう。

それでも、無理を強《し》いてはなるまい。

伸び盛りの身体に過度な負担を強いるのは、考えものである。目先の結果を求める余りに後々の発達を阻害してしまっては元も子もないからだ。とりわけ剣術修行者にとって大切な腰をゆめゆめ傷めてはならないと左内は常日頃から配慮していた。

正しい姿勢を保っていれば、駆け通しでも体を傷めることはない。

「しっかり腕を振って！　顎を引いて！」

煽《あお》りすぎぬ程度に加減しつつ、先を行く弟子の一団を励ます。

「一！　二！」

「いち！　に！」

師匠の期待に能く応え、子どもたちは溌剌《はつらつ》と駆け続けていた。

皆、後ろ腰に小さな風呂敷《ふろしき》包みを括《くく》り付けている。あらかじめ親に頼んで用意してもらった昼餉《ひるげ》の握り飯だ。

左内自身も今朝は早くから起き出して炊飯し、弁当を支度してもらえなかった子が出たときに備えて十個余りの焼きむすびを持参してあった。半分ずつ醬油《しょうゆ》焼きと味噌《みそ》焼きに仕立てた握り飯は、竹皮にくるんだ上で武者修行袋と称される道中向けの袋に収まっている。斜めにして背負っていれば、走行の邪魔にはならなかった。

柳原土手を駆け抜けた一行は筋違橋《すじかいばし》御門を迂回《うかい》し、昌平橋《しょうへい》を経て水道橋《すいどう》の手前まで来たところで小休止した。

前方には大きな樋《とい》が見える。川を跨《また》いだ懸樋《かけどい》は、神田上水の設備である。

上水は郊外では地表に設けられた水路を、市中に入れば地中に埋められた水道管を通して流れ、川を越えるときは樋を用いて通水される。江戸市中の民にとっては日々の暮らしに欠かせない、生命線のひとつなのだ。

「お腹《なか》が痛くなったら辛抱せずに言うんだよ」

「はいっ、せんせい！」

左内の注意を耳にするや、汗を拭《ふ》いていた弟子のひとりが片手を挙げた。

「おいらのはらが、さっきからうるさいんです!!」

声を張り上げる少年の視線は、左内の背中の袋にひたと注がれている。こんがりと醬油で焼いた握り飯の匂いが漂い出てくるのに舌なめずりしつつ、もう堪《たま》らぬという様子であった。

「それは大変だね。じゃ、早く着けるように頑張ろうか」

微笑《ほほえ》みまじりに答えた左内は、並んで駆ける弟子の才槌頭《さいづちあたま》を撫《な》でてやる。

この時代の子どもは乳児のときは男女共に丸坊主で過ごし、三歳頃から髪を伸ばし始める。六歳になったばかりの弟子は、まだ髷が結えないおかっぱ頭であった。

「さ、行こう」

「はーい」

左内の呼びかけに応じ、年少の一団は足並みを揃えて駆け出す。

先頭集団の少年たちも心得た様子で列を整え、先に立って誘導していく。常日頃の左内の指導が行き届いていればこそ、何も言われなくても率先して幼い弟子たちの手本となっているのだ。

一糸乱れぬ動きを見守っていた左内の表情が、ふっと翳《かげ》る。

敬愛する師が時折そんな憂いを帯びた顔になることを、潑剌と駆けてゆく弟子の皆は気付いていなかった。


日比野左内は加賀藩士の子である。

日比野家は代々の上士で、父は藩の重職を務める身だった。

左内は次男坊ながら嫡長子《ちゃくちょうし》、すなわち正妻の子であり、妾腹《しょうふく》の兄より格上の立場として家督を継ぐことが決まっていた。

先代藩主の前田《まえだ》治脩《はるなが》侯《こう》が寛政《かんせい》四年（一七九二）に開設した藩校の明倫堂《めいりんどう》と経武館《けいぶかん》で

文武の両道を能く修め、城下の中条流道場では五本の指に数えられる俊英と謳《うた》われて将来を嘱望されていた左内を取り巻く環境が急変したのは一年半前、昨年の小正月のことであった。

父が何者かに闇《やみ》討ちされ、命を落としたのだ。

それと時を同じくして、腹違いの兄は金沢の城下町から姿を消した。もしも偶然の出奔《しゅっぽん》であったならば、間が悪かったと言うより他にないだろう。そもそも息子が実の父親を手に掛けるなど有って良いはずがない話だった。

そんな左内の願いも空しく、動かぬ証拠が現場から見出《みいだ》された。

冷たい亡骸《なきがら》に突き刺さっていたのは、家中でも指折りの飛剣——手裏剣術の遣い手であった兄が愛用していた棒手裏剣だったのだ。

誰もが皆、下手人は兄と見なした。

加賀藩庁も例外ではなく、仇討免許状を以《もっ》て左内に実の兄を討つことを命じてきたのである。親族に異を唱える者は誰もおらず、日比野左内は仇討ちの使命を背負って金沢から旅立つように強いられたのであった。

そこで左内が選んだ手段は、意外なものだった。親族から寄せられた餞別《せんべつ》を余さず費やして、江戸に道場を構えたのだ。

もとより、兄の行《ゆ》き方《がた》は杳《よう》として知れぬままである。

本来ならば手にした大金を路銀に充《あ》てて諸国を巡り歩き、行方を突き止めなくてはならない左内だった。それを加賀から江戸へ直行し、裏長屋とはいえ町道場を持つに至ったのには確たる理由があった。

若年の剣客が道場を持ち、門弟を集めていれば自ずと周囲の剣術家たちから反感を買う。たとえ長屋を改装しただけの小さな稽古場であっても、生意気な若造と見なされて道場破りや嫌がらせに見舞われ、潰されるのは目に見えていた。

それを承知の上で左内が江戸に居着いたのは、もしも兄が江戸に現れれば必ずや噂を聞きつけ、決着をつけに現れるだろうと確信していたからである。

逃げてはなるまい。

固い決意の下に道場を開いた左内だったが、胸の内には常に不安を抱えていた。

無垢《むく》で熱心な子どもたちを指南する日々は楽しく、喜びも大きい。しかし、それは本来の自分の姿とは違うのだ。

藩命にも、心から従っているわけではない。

たしかに江戸に道場を構えれば、当て所なく流浪して行方を追うよりも兄を見つけ出す可能性は格段に高くなる。

人の往来が多い江戸に居を定めた上で剣客として名を売れば必ずや、兄のほうから誘い出されて来るに違いない。路銀と体力を浪費することなく見つけ出すには最良の策であると左内は主張し、国許の藩庁と親族から了承を取り付けた上で向柳原に道場を開いたのだ。

向柳原を選んだのは、至便性の高さに注目してのことである。

五街道の起点となる日本橋《にほんばし》が徒歩圏内であり、江戸城下まで赴くのにもさほどの刻はかからない。界隈には船宿も多く、神田川から大川へ漕《こ》ぎ出せば市中の諸方へ容易に出向くことが可能だった。仇討ちを望む立場の者が居を定めるには、この上なく好条件が揃っていると言っていい。故に藩庁も親族も強くは反対せず、左内の望む通りにさせてくれたのであった。

だが、左内の本心は違う。

幼い頃から大の仲良しだった兄に会いたい。会って真実を聞き出したい。

もしも出来得るならば手にかけることなく、生き延びさせる方法を見出したい。

それだけが日比野左内の願いだった。

(何処《いずこ》に居られるのですか、兄上……)

薫風の下を走りながらも、左内の表情は晴れない。

可愛い弟子たちには決して見せることのできぬ翳りを横顔に滲《にじ》ませつつ、若き剣客は神田川沿いの土手を駆けてゆくのであった。

二

水道橋から小石川《こいしかわ》橋、船河原《ふなかわら》橋、竜慶《りゅうけい》橋（隆慶橋）、中之《なか》橋、石切《いしきり》橋、古川《ふるかわ》橋から掃部《かもん》橋、江戸川《えどがわ》橋と辿《たど》っていけば関口《せきぐち》橋に至る。一休《いっきゅう》橋とも呼ばれる橋の付近は神田上水の取水口となっていた。

「わぁー！」

子どもたちが一斉に歓声を上げた。

陽光の下を豊かな水が滔々《とうとう》と流れている。

大洗堰《おおあらいぜき》に飛沫《しぶき》が上がる。

足元から立ち上ってくる涼気に、左内の表情も我知らず綻《ほころ》んでいた。

むろん、幼い弟子への配慮を怠ってはいない。

「身を乗り出してはいけないよ！」

立ち止まろうとするのに注意を呼びかけつつ、左内は先を急がせる。

取水口を通過し、蛇行《だこう》する水路を遡《さかのぼ》っていくと細い流れがしばらく続く。

駒塚橋《こまづかばし》、面影橋《おもかげばし》、田島橋《たじまばし》、小滝橋《おたきばし》、淀橋《よどばし》――

ちいさな橋々を横目に、一行は早稲田田圃《わせだたんぼ》を駆け抜けてゆく。

下落合《しもおちあい》から先も、見渡す限りの田園地帯となっていた。

将軍家の御鷹狩《おたかがり》にも用いられる、風光明媚《ふうこうめいび》な地である。

吹き渡る風が伸び盛りの苗をそよがせつつ、汗まみれの少年たちに優しく涼をもたらしてくれる。まさに薫風であった。

「一！　二！」

「いち！　に！」

元気に駆けながらも少年たちは野良仕事の人々と行き合わせれば脇《わき》へ退《ど》き、きちんと一礼してから通過する。たとえ路上であろうとも他所《よそ》の土地にお邪魔しているのだということを皆、十分に心得ていた。

「感心なお子たちだなぁ。お前さまが先生か？」

草取りに出てきた老婆が笑いかけてくる。

「はい」

弟子の皆を先に行かせ、左内は涼やかに微笑み返す。

「躾《しつけ》が行き届いていなさるねぇ」

頰被《ほおかぶ》りを取りながら、老婆は感心した様子でつぶやいた。

「剣術遣いってのは荒っぽいお方ばかりと思うとったけんど、ずいぶんと容子《ようす》の良い先生もいなさるもんだなぁ。おれがもう十も若けりゃ放っとかないよぉ」

皺《しわ》の寄った顔を赧《あか》らめ、満更でもない様子である。

「いえ、いえ」

老婆の軽口に苦笑しつつ、左内は答える。

「久方ぶりに参りましたが、良きところですね。狭苦しい市中よりも、よほど暮らしやすそうですよ」

「なんの、なんの。だだっ広いばかりだよぉ」

「左様なこともありますまい。願わくば、斯様《かよう》な地に居を構えたいものです」

左内の一言は、紛《まご》うことなき本心だった。

父親が健在の頃は折に触れて、日比野家が加賀藩領内に与えられた知行地の村への見廻りや検見《けみ》に兄弟揃って同行していたものである。山麓《さんろく》の広々とした野で兄と共に乗馬に親しみ、桑畑に忍び込んでは甘い実を競争して喰らったり、木々を試し切りにして父から雷を落とされたりしたのも今は懐かしい。

江戸に居着いて一年になる左内だが、ほんの少し足を延ばせば郷里と変わらぬ眺めを目にすることができると知ったのは、つい最近だった。今日の遠駆けを思い立った背景には町場暮らしの子どもらを幼い頃の自分と同様に、豊かな自然と触れ合わせてやりたいという想いもあったのだ。

「お前さん方、どこまでお出《い》でになりなさるんで?」

「井ノ頭です。皆に上水の源《みなもと》を見せてやりたいと思いましてね」

汗を拭き拭き問うてきた老婆に、左内は明るい笑顔で告げる。

「そうかい」

笑みを返しつつ、老婆はさりげなく一言付け加えた。

「この先は野良犬が多いから、気を付けて行きなされ」

「ありがとうございます」

左内は一礼し、弟子子の後を追って軽やかに走り出す。

老婆の忠告が程なく的中するとは、夢想だにしていなかった。

午前の武蔵野を、一行は快調に踏破していく。

程なく広大な池が見えてきた。井ノ頭に着いたのだ。

井ノ頭には七つの泉が湧き出ていることから『七井の池』とも称されていた。武蔵野有数の豊かな湧水池の畔《ほとり》には鬱蒼《うっそう》と木々が生い茂っており、橋で渡ることのできる中島には弁財天社が設けられている。

深緑の香りが漂う中、足を止めた少年たちは深呼吸をした。

「では手を洗って、昼ご飯にしようか」

「はーい」

息を整えた少年たちは元気に答え、手近の泉へ向かって駆け出そうとした。

と、そのとき。

「あ！」

少年の一人が引き攣《つ》った声を上げた。

藪《やぶ》の中から剣呑《けんのん》な唸《うな》り声が聞こえてくる。

姿を現したのは身の丈四尺ばかりの山犬だった。

人に飼われている犬とは、明らかに違う。

全身の毛は泥土に固まり、両の目には狼《おおかみ》の如く剣呑な光が差している。

たとえ郊外の地でも、さすがに本物の狼までが生息しているはずはない。とはいえ野生化して久しい犬となれば油断は禁物であった。

山犬はぐわっと牙《きば》を剝《む》いた。

「た、たすけて――!」

「こわいよぉ!!」

幼い子は怯《おび》えきり、立ちすくんでしまっている。年長の少年剣士たちもすっかり声を失っており、弟弟子を後ろ手にかばうのが精一杯の有り様だった。

「動いてはだめだっ」

左内は声を低めて呼びかける。

「静かに……黙っているんだよ……」

師の呼びかけに懸命に頷《うなず》き返し、門弟の皆は後ずさりする。

不用意に刺激してはならない。誰か一人でも恐怖心に負けて走り出せば、たちまち山犬は飛びかかってくることだろう。体格がほぼ等しい犬に組み伏せられてしまえば牙の餌食《えじき》にされてしまうのは目に見えていた。

「静かに……静かに……」

子どもたちを後ろ手に庇《かば》いつつ、左内はじりじりと下がっていく。

こちらが大人しくしていれば立ち去ってくれるかと思いきや、山犬は血走った目に凶暴な光を浮かべたままでいた。

飢えのせいではない。狂犬病に取り憑《つ》かれ、正気を失ってしまっているのだ。

当時の獣医学に狂犬病を予防する方法は存在せず、嚙《か》まれれば命を落とす危険性が高かった。将軍家や大名家の奥向きで、そして富裕な商家で唐土《とうど》（中国）渡りの室内犬が愛玩《あいがん》される一方で、庶民は横行する野良犬の脅威に曝《さら》されていたのである。

唸り声を上げるや、だっと山犬が地を蹴った。

「む！」

もはや逃がすのは叶《かな》わぬと判じた瞬間、左内は速やかに前へ走り出た。

大小の二刀はむろんのこと、寸鉄も帯びてはいない。凶暴化した山犬に素手で立ち向かわんと決意したのだ。

もとより、手加減をする余裕などはなかった。手刀の一撃で首根っこをへし折ってしまわぬ限り、こちらが鋭い牙に掛かるのである。打ち殺すには忍びないが、弟子の身を守るためとなれば致し方なきことであろう。

(南無三《なむさん》)

胸の内で唱えつつ、左内は仁王立ちとなる。

と、そのとき。

「お待ちなされ！」

小走りに駆けてきたのは細身の浪人者だった。

二刀を帯びていなくても、袴を常着としていることと髪型から士分と判る。

四十代も半ばを過ぎているであろう小柄な男だった。左内より頭ひとつ低い、ひょろりとした短軀《たんく》に木綿物の単衣と袴を着けている。いずれも洗い晒しで、蒼い染めがすっかり褪《さ》めていた。

線が細いだけでなく、顔も貧相である。双眸は黒目がちで鼻が低く、総髪には白いものが目立っている。甚《はなは》だ風采《ふうさい》の上がらぬ外見の持ち主であった。

それでも山犬にとっては、新たな敵に他ならない。

新手《あらて》の出現に対し、荒ぶる犬は機敏に反応した。さっと向き直るや、不気味な唸り声を上げて威嚇《いかく》する。

怯えるかと思いきや、中年の素浪人は落ち着きを失わなかった。

「動いてはなりませぬぞ」

柔らかい口調で左内に告げつつ、短めの足を肩幅に開くと諸腕《もろうで》を体側に下ろす。

腰を落とし、山犬の前で身構えたのだ。

丸腰のまま、飛びかかって来られれば避けようのない体勢を自ら取るとは、無謀に過ぎる振る舞いであった。

左内が思わず割って入ろうとした刹那《せつな》、信じ難いことが起きた。

「む！」

浪人が低く気合いを発した瞬間、山犬はぎゃんと悲鳴を上げた。

「何と……」

左内は思わず目を見張った。弟子の少年たちも言葉を失い、泣きそうになっていた幼子も息を呑んだまま、目をまん丸くしている。

山犬は四肢を硬直させ、仰向けにひっくり返っていた。

鋭い刃の一撃を浴びたかのように倒れ込み、完全に動けなくなっている。風采の上がらぬ素浪人は手を下さずして、狂える犬を瞬時に沈黙させてしまったのだ。

浪人は無言のまま、昏倒《こんとう》した山犬のすぐ傍まで歩み寄ってゆく。

「大丈夫だよ」

優しく呼びかけてやりつつ、ぱんと手を叩く。

そのとたん、山犬はむくりと起き上がった。自分の身に何が起こったのかが信じられぬ様子で、血走った目を不安げにきょろつかせている。

「お行き」

浪人が一声告げるや、山犬はびくりと全身を震わせた。

弱々しく唸りながら尻尾《しっぽ》を巻き、とっとっとっと駆け去っていく。

泥土で固まっているはずの背中の毛が、恐怖に逆立っている。去り行く犬は二度と振り返ろうとはしなかった。

「もう大事ありませんよ。これに懲《こ》りて、二度と貴方《あなた》がたを襲いはせぬでしょう」

振り向いた浪人は、柔和《にゅうわ》な笑顔を浮かべていた。

「貴公が先生でいらっしゃいますか？」

「は、はい」

浪人の問いかけに、左内は上ずった声で答えた。

山犬の脅威に対して覚えた動揺は、疾《と》うに収まっている。動悸《どうき》が止まないのは小柄な素浪人が示した妙技を目の当たりにした衝撃ゆえに他ならなかった。

そんな左内の胸の内などつゆ知らず、浪人は続けて言った。

「あの犬は親と死に別れて野良になりましてね、小さい頃には私の処に餌を食べにも来ていたのですが、このところすっかり荒くなってしまいまして……」

「左様でしたか」

「可哀相な奴なのです。許してやってくだされ」

「承知しました」

子どもたちは誰一人として怪我を負ってはいない。牙を納めて大人しく立ち去ってくれた山犬を不必要に痛め付けるつもりなど、左内には毛頭なかった。

もしも助けに入ってもらえなければ、やむを得ず打ち殺していたことだろう。

いかに凶暴化していても、この武蔵野で暮らす生類に変わりはない。無下に命を奪わずに済んで、左内は心から安堵《あんど》していた。

「とまれ、忝《かたじけ》ない」

左内は慇懃《いんぎん》に一礼した。

「向柳原に道場を構え居ります、日比野左内と申します」

「楢井伊兵衛《ならいいへえ》です。禄を離れて久しき身ゆえ、子細は省かせてくだされ」

一礼した左内に応じ、浪人は慎ましやかに名乗りを上げる。

「それにしても楢井殿……類い稀《まれ》なるお業前《わざまえ》、つくづく感服仕《つかまつ》りました」

「いや、いや」

感嘆しきりの左内に対し、伊兵衛は照れ臭そうに手を打ち振る。これほどの妙技を持ちながら謙遜《けんそん》するばかりとは、何とも謙虚なことだった。

楢井伊兵衛が用いたのは気合術である。

刃ではなく気合いを浴びせて敵を制し、金縛りにしてしまう術だ。

井ノ頭より更に西方にある戸吹村《とぶきむら》に生まれた天然理心流《てんねんりしんりゅう》の俊英で、後に二代宗家を継ぐことになる坂本三助《さかもとさんすけ》は比類なき気合術の遣い手として知られていた。宗家の近藤《こんどう》内蔵之助長裕《くらのすけながひろ》より直伝された自流派の気合術を研鑽《けんさん》し、師をも凌《しの》ぐ遣い手との評判を取っている。しかし、かの坂本三助に迫る術者が今一人、井ノ頭に隠棲《いんせい》しているとは誰も知らぬことだろう。

(まこと、世は広い……)

左内は改めて感服せずにはいられなかった。

三

楢井伊兵衛の住処《すみか》は、井ノ頭の雑木林の中に建っていた。生け垣に囲まれた、茶室ふうの瀟洒《しょうしゃ》な一軒家である。

「ご立派なお住まいですね」

「名主殿の別宅を借りておるのです」

目を見張る左内に、伊兵衛は恥ずかしそうに微笑んだ。

「家人と二人きりで暮らすには広すぎまするが、永らく空き家にしておったゆえ店賃《たなちん》は志《こころざし》で構わぬと言うていただきまして……過ぎた住まいにございますよ」

庭先に泉水が引かれており、滾々《こんこん》と水の湧き出る様が見るからに涼しげだ。前栽《せんざい》はきちんと剪定《せんてい》され、庭先には箒《ほうき》で掃いた跡が付いている。こぢんまりとしていても隅々にまで手入れが行き届いており、日当たりも申し分ない。

泉水の前に案内してもらった一同は、まずは心ゆくまで喉の渇きを癒《いや》した。

渇きが収まれば、次は汗を流したくなってくる。

「さ、存分に使うてくだされ」

そう告げると、にこやかに伊兵衛は立ち去ってゆく。

泉水の傍らには広い洗い場が設けてあり、ふだんから洗濯や行水に用いられていることを窺《うかが》わせる。遠路を駆けてきた身にとっては、何よりのもてなしだった。

「わーい！」

歓声を上げるや、弟子たちは我先に道着を脱ぎ始めた。汗で体に張り付いているのを引き剝がすようにして脱ぎ捨て、湿った袴紐をもどかしげに解く。

「騒いではいけないよ。静かに、静かに！」

注意を与えつつ、左内も諸肌を脱ぐ。

伸びやかな肢体が、陽光の下に露《あら》わになった。

「先生、どうぞ」

下帯ひとつになった年嵩の弟子が、まずは左内に水を汲《く》んでくる。

他の年長組の面々も洗い場に重ね置かれた木桶に冷たい水を汲み、幼い者が順番に行水できるように支度してやっている。そうやって準備してやらないと、暑さに耐えかねた年少組が泉水に飛び込んでしまうと承知しているからだ。入門した当初に左内が手取り足取り教えた通り、弟弟子たちの面倒を見ることを億劫《おっくう》がらず、てきぱきと動いてくれていた。

年少組のちび連は、待ちかねた様子で桶の冷水に手ぬぐいを浸す。

「わあっ、冷たい！」

「気持ちいいねぇ！」

はしゃぎながら体を拭く様を微笑みまじりに見守りつつ、左内は汗を流す。

「ふう……」

濡れ手ぬぐいを当てる端から、火照《ほて》った肌に心地よく涼気が染み入っていく。天然自然の水の冷たさは滋味溢《あふ》れるものだった。

そこに一人の婦人が歩み寄ってきた。大振りの盥《たらい》を小脇に抱えている。

「こ、これは失礼」

左内は手ぬぐいを桶に放るや、慌てて肌を納めた。

幼子たちのように下帯まで外していたわけではなかったが、師たる者が半裸のままで見知らぬ女性と接するのは失礼なことと判じたのである。

慎ましい左内の態度に、婦人は婉然《えんぜん》と微笑み返す。

「涼んでおられるところを、お邪魔いたしまする」

「い、いえ」

道着の襟を正しつつ、左内は上ずった声で答える。

婦人の頭は、ちょうど胸の高さと同じ位置に来ている。

肉置《ししお》きの良い女性であった。身の丈こそ並だが、洗い晒した保多織《ほたおり》の単衣の胸元がはち切れんばかりに盛り上がっている。

その顔立ちも、鄙《ひな》には稀なものだった。

目鼻立ちがくっきりしていて、抜けるように肌が白い。

これでは生真面目な左内ならずとも、どぎまぎせずにはいられぬことだろう。

「皆様にお振る舞いをせよと、家人より申しつかりましたので……」

左内に一礼し、婦人は洗い場へ向かう。

「そのまま、そのまま」

当惑した様子の少年たちに優しく告げつつ、脇をすり抜けていく。

水際に立った婦人は、慣れた様子で裾《すそ》を捲《まく》る。張りのある脛《すね》を恥ずかしげな様子もなく露わにし、泉水に踏み入っていくと抱えた盥を水面に浮かべる。

「わー！」

幼子の一人が歓声を上げた。

婦人がにこにこしながら掴《つか》み上げたのは、旬を迎えた真桑瓜《まくわうり》だった。手際よく盥の上に盛り上げられた真桑瓜の数は五つ。どれも形が良く、見るからに美味《おい》しそうである。

「さ、手伝ってくだされ」

「はいっ」

呼びかけに応じ、年嵩の少年が水際に立つ。

「縁側に支度をしておきますね。冷たい麦湯もございますので……」

盥を運んでもらいつつ、婦人は瓜に続いて抱え上げた瓶《かめ》を指し示す。

ひんやりと冷えた大振りの瓶に、麦湯が満たしてあるのだ。

「ありがとうございます！」

子どもたちは一斉に頭を下げる。

どの子も皆、顔じゅうに感謝の念を滲ませていた。


仲夏の陽は中天に差しかかっていた。

身支度を整えた一同は、広い縁側で心ゆくまで馳走《ちそう》に預かった。

左内はまず、用意してもらった椀に麦湯を手ずから注ぎ分けた。

「がぶ飲みしてはいけないよ。口を湿したら、ご飯にしなさい」

麦湯が全員に行き渡ったのを確認し、持参の握り飯から先に食べさせる。いきなり冷たい飲物を口にすると腹が下ってしまうからだ。

師の言い付け通りに昼餉を終えた少年たちは、いよいよ待望の瓜にかぶりつく。

「甘いねぇ」

「うん、おいしい！」

夢中で口を動かす様を優しく見守りつつ、左内も笊《ざる》に盛られた瓜を一切れ取る。

いつも食べているものより甘く、歯ごたえがある。長屋の井戸に吊しておくのとは違って芯から冷えており、染み入るような涼気が何とも心地よかった。

菊《きく》という婦人は麦湯のお代わりを用意してくれた後、屋内に引っ込んでいた。楢井伊兵衛のほうも、あれから姿を見せていなかった。

何をしているのかと思いきや、廊下の向こうから穏やかな声が聞こえてきた。

「みんな、墨は擦れたかな？」

「はい、せんせい！」

奥の大部屋の障子が開け放たれている。

いつの間に集まってきたのか、左内の弟子と同じぐらいの数の子どもが長文机《ながふづくえ》の前に座し、神妙に筆を手にしていた。

伊兵衛は上座に就き、傍らで菊が教材と思しき手製の冊子を揃えている。

楢井夫婦は村の小さな子を集め、読み書きを教えていたのだ。

児童が通う手習所は江戸市中では朝早くから講義を始め、昼過ぎの八つ時（午後二時）には終了するのが常だった。日の出が早まる夏場には町境の木戸が開く明け六つ（午前六時）と同時に開講して、正午に閉講と決まっている。とりわけ女児は午後からは歌舞音曲の稽古に通う子が多いため、頭数が揃わないからだ。

事実、左内の弟子たちも午前は手習所に通っており、道場には午後から出てくるという時間割で日々を過ごしていた。

しかし伊兵衛は通例にこだわらず、午後も遅めの時間から開講するようにしているらしい。集まって来るのが農家の子ばかりとなれば、それも頷ける話だった。

農村では子どもも貴重な労働力となっている。

朝は早起きして馬や鶏に餌をやらなくてはならず、双親《ふたおや》が野良仕事に出ている日中のうちに水汲みなどの雑用を済ませ、風呂も沸かしておかなくてはならない。日比野家の知行地でも事情は同じであった。

椢井伊兵衛は、そういった用事が片付くのを待って講義を始めているのだ。

もとより、我が子に学問をさせたいと思わぬ親はいない。家の用事を済ませた上で手習いに通うのならば、反対する声も無いことだろう。

「ゑは書けるようになったかい、権太？　ここのにょろにょろを忘れずに……」

「ゐとるをいつまでも取り違えてはいけないよ、三吉。ほら、こうやって……」

伊兵衛は年少の子の席を廻り、いろはを一文字ずつ書かせていた。まだ十分に暗記できておらず筆が止まっている者がいれば手を添えて補ってやり、書き終えた者にはその場で添削《てんさく》してやっている。

伊兵衛の指導は無駄のないものであった。無闇に煽るのではなく、それぞれの子の進度をきちんと把握している。

どの子も労働で疲れてしまうため、帰宅すれば夜は早く寝てしまう。町家の子どものように家で自習をする余裕がないのを承知の上で、伊兵衛は限られた時間に目一杯集中させることを心がけているのだ。

年嵩の子たちは菊が配布した教材を筆写していた。市販のものではなく、伊兵衛が自ら考えたと思しき借用証文の定型文だった。

手習所では平仮名と漢数字を皮切りに、手紙の書き方と地理を教える。さまざまな手紙の用例を覚えさせ、江戸市中の地名と日《ひ》の本《もと》六十余州の国名を正しく読めるようにすることで、いざ社会に出てから困らぬようにするのだ。手習所は最低限の学識と社会常識を養うための、初等教育の場だったと言っていいだろう。

「みんな明日は清書をするよ！　仕舞いまでに今一度、めいめいの手本をしっかり写しておきなさい」

「はい！」

伊兵衛の言葉に、子どもたちは一斉に答えた。

少しも嫌がっている様子は無く、意欲十分な響きであった。

一方の左内たちも、日が暮れるまでに江戸市中へ戻らなくてはならなかった。

「過分な馳走に預かり、有難《ありがと》う存じます」

戸口まで見送りに出てきた伊兵衛は、鷹揚《おうよう》に笑ってみせる。手習いの子どもたちは菊の立ち合いの下、自習の真っ最中である。

「また近いうちにお出でなされ。いつでも歓迎いたしますよ」

「忝ない」

左内は深々と頭を下げた。

「ありがとうございました！」

後方に並んだ弟子たちも、揃って元気に一礼する。

「本日は危ないところを救うていただき、衷心《ちゆうしん》より御礼申し上げまする」

「お気になされるな。儂《わし》もあの仔を死なせずに済んで安堵しておりますのでな……」

皆を代表しての左内の一言に、伊兵衛は嬉しげに目を細めた。

もとより、明るく優しいばかりの男ではない。襲いかかってきた山犬を打ち殺してしまうことなく、気合いで失神させる離れ業を易々《やすやす》とやってのけるとなれば、相当な手練《てだれ》に違いなかった。刀を捨ててはいても紛うことなき、野《や》に生きる達人なのだ。

(まこと、稀有な御仁だ)

そう見込んだ上で、左内は興味を募らせずにはいられなかった。

剣の道に精進する者は、余人の技に寄せる関心も自ずと深い。たとえ修めた流派が違っていても、後学のためになる点が少なからず見出せるからである。あの気合術が投影された伊兵衛の太刀筋は、どれほどまでに凄いのだろうか。

願わくば剣を交え、直《じか》に体感してみたい——

兵法者の業《ごう》とも言うべき深い関心が、ふと、左内の口を突いて出た。

「されば楢井殿、次はぜひ立ち合わせてください」

「ご冗談を……」

伊兵衛は朗らかに笑い返した。

「刀など手放して久しき身です。もはや木剣も取ることはありません」

「斯様なことはありますまい」

「いや、いや。後は老いるばかりの身と心得ており申す」

どこまでも謙虚な態度だが、この男が類い希な遣い手なのは間違いない。

能ある鷹《たか》の譬《たと》えに照らすまでもなく、余人より優れている者ほど控えめに振る舞うことを心がけるのが常である。

しかし、すでに左内は伊兵衛の腕の冴《さ》えを知っている。

あれほどの妙技を披露しておきながら刀を捨てた身であるなどと言われても、すぐに納得できるものではない。

「皆、あちらに行っていなさい」

後方の弟子たちに振り返り、左内はさりげない口調で告げる。

「はーい」

素直に答えた一同は、伊兵衛に重ねて頭を下げると庭から出て行った。

「されば、御免」

戸口に立ったままの左内に目礼を返し、伊兵衛も背を向ける。

刹那《せつな》、きっと左内は視線を上げた。

気を飛ばしたのである。

稽古であれ試合であれ剣術においては臍下《へそした》の丹田《たんでん》に呼吸を落とし込み、凝縮された気を以て対手を圧倒する心得が肝要とされている。左内は抜刀の気合いを無言の内に浴びせかけ、伊兵衛が如何《いか》なる反応を示すのかを探ろうとしたのだ。

しかし、当人は涼しい顔で振り返っただけだった。

「悪戯《いたずら》はいけませんな、日比野先生」

上がり框《かまち》の立ち位置をそのままに、着流しにした粗衣の擦り切れかけた裾を揺らすこともなく向き直ったのである。一分《いちぶ》の隙《すき》も見出せぬ、錬《ね》れた体さばきであった。

「師たる者が、軽はずみな真似《まね》をなさってはなりませぬぞ」

「…………」

柔和に語りかける伊兵衛の面前で、左内は一歩も動けずにいた。

放った剣気を浴びせ返されたわけではない。対手《あいて》の名状し難い貫禄に、すっかり気を呑まれてしまっていたのだ。

自然体で立った男の短軀が何倍にも大きく感じられる。

とても叶うまい。剣を交えずして、そう悟らずにはいられなかった。

「ご、ご勘弁くだされ」

「判《わか》ってくだされば良いのです」

恥じ入った様子で頭を下げる左内に、にっと伊兵衛は微笑みかける。

「楢井殿……」

「またお出でなされ」

それだけ言い置き、改めて踵《きびす》を返す。

悠然と奥へ歩み入っていく男の後ろ姿を、左内は無言で見送るばかりだった。

「せんせーい！」

「はやくかえろうよぉ」

しとみ戸の向こうから、待ちくたびれた幼子たちの声が聞こえてくる。

「いま行くよ」

振り向いたとき、左内は平静を取り戻していた。

笑顔で歩み寄っていく胸の内は、感嘆の念に満ちている。

もとより、遺恨など微塵《みじん》も覚えてはいない。懐深き在野の達人と巡り会えたことを心から有難いと思っていた。

四

以来、日比野左内は余暇を見付けては伊兵衛の隠宅を訪ねるようになった。

八つ刻を過ぎると子どもらが稽古にやって来るため、早朝のうちに出かけて昼までに戻ってこなくてはならない。井ノ頭へ出かける日にはふだんより早起きして身支度と朝餉を済ませ、速やかに出立するように心がけていた。

左内の住まいは道場を構えているのと同じ、向柳原の裏長屋の一棟である。

当初は門弟の数も少なく、計二棟ぶんの店賃を残り少ない貯えの内から払っていたものだったが最近は入門を望む子どもの数も増えてきて、日々の暮らしに困らぬだけの収入が得られている。

路地に明るい朝日が差していた。今日も天気は上々である。

左内は手際よく蚊帳《かや》を片付け、裏の障子を開ける。

間取りは四畳半の一間きりだが、裏手には狭いながらも洗濯物を干せるだけの庭が付いている。国許の屋敷とは比べるべくもなかったが、町民向けの裏店《うらだな》としてはまず上等の部類と言えよう。

昨夕のうちに洗って干しておいた肌着は、からりと乾いていた。

左内は汗の染みた浴衣を脱ぎ、下帯と半襦袢《はんじゆばん》を取り替える。

壁際に置かれた衣桁《いこう》には、小千谷縮《おぢやちぢみ》の単衣が掛かっている。しぼのある、さらりとした麻の生地は秋冬に着ている袷《あわせ》と同じく、黒染めに仕立ててあった。

肌触りの良い縮を羽織り、白地の博多帯《はかたおび》をきゅっと締める。

脱いだものをそのままにはしておかない。

浴衣は縮の代わりに衣桁に掛けておき、下帯と半襦袢を持って路地に出る。

「良い天気だなぁ」

降り注ぐ陽光に、左内はふっと笑みを誘われる。

早朝の井戸端は空いていた。

備え付けの盥《たらい》に汚れ物を入れて水を注ぎ、踏み洗いしながら歯を磨く。口をゆすいで顔を洗い、濡れ物をぎゅぎゅっと絞る。

長屋に戻った左内は裏庭に立ち、きれいに皺を伸ばして下帯と半襦袢を干す。畳んだ布団と掻巻《かいまき》を窓辺に寄せておき、留守にしている間に障子越しの陽が当たるようにしておくことも忘れない。こうすれば午後の稽古を終えて日暮れ時に帰宅したときには乾いており、さっぱりとして寝られるというわけだった。

身支度が整えば、次は朝餉を認める番である。

左内はいつも夕餉のときに飯を炊くように心がけている。ふだんから起床して早々に稽古をしているため、炊飯をする時間の余裕がないからだ。

昨夜の飯は一合ほど、お櫃《ひつ》の底に残してあった。

火鉢の埋《うず》み火を熾《おこ》し、掛けた鉄鍋に水を注ぐ。

湯が沸くのを待っている間に、買い置きの葱《ねぎ》を洗って刻む。

沸騰した湯に冷や飯の固まりを入れ、杓子《しゃくし》で軽く崩しながら温める。

程よく冷や飯がほとびてきたのを見計らい、味噌壺《つぼ》からひと掬《すく》いした豆味噌を漉《こ》し入れると、刻み葱を全体に散らすようにして投じていく。

出来上がった味噌雑炊は、大振りの椀にちょうど二杯ぶんだった。箸《はし》を添えて箱膳《はこぜん》に置き、七味唐辛子をぱらりと振る。

火鉢には下ろした鍋に替えて鉄瓶を掛け、食後に飲む白湯《さゆ》を残り火で沸かしておくことも忘れない。

二杯の雑炊を、左内はしめやかに胃の腑《ふ》に納めた。

どんなに慌ただしいときでも食事だけは急いてはならないと、幼い頃から父に教えられてきた身である。遠出する前となれば尚更のことであった。

飯粒ひとつ、葱ひと切れ残さずに食べ終えた左内は、ゆっくりと白湯を啜《すす》りながら暫時の食休みを取る。

井戸端から近所のおかみ連中の声が聞こえてくる。明け六つを過ぎて、どの家でも朝餉の支度を始めた頃合いだった。

「今朝も根深汁だけかい？　お竹さんとこはいっつも吝《しわ》いねぇ」

「馬鹿をお言いでないよ。今日はうちの人が早いから、納豆売りが来るのをのんびり待っていられないだけのことさね」

「へっ、物は言い様だねぇ。夫婦して貯め込むのもいいけど、たまにゃ生卵のひとつくらい食わせてやんなって」

「そうそう。新所帯《あらじょたい》なんだからさ、せいぜい精を付けさせてやんなきゃ！」

「違いないや。はははは……」

姦《かしま》しく軽口を叩き合うのを耳にしながら、左内は微笑みまじりに腰を上げた。

食器を洗って箱膳に納め、火が落ちているのを確認する。

片付けを終えた左内は部屋に上がり、刀架《とうか》の前に立った。

狭い長屋の中には、ほとんど家具らしい家具は置いていない。畳んだ蚊帳と寝具の他には行灯《あんどん》と火鉢、寝るときに点《とも》しておけば蚊焼きする火種を取るのにも重宝な簡易照明の瓦灯《かとう》、そして文机と刀架のみであった。

調度品こそ少ないが、手回りの品は筆硯《ひっけん》も手文庫も、良家の子弟らしく高価そうなものが揃っている。大小の二刀は郷里の名工である辻村兼若《つじむらかねわか》の作で、元服したときに亡き父から授けられた逸品だった。

大刀は二尺三寸物の定寸刀。小刀は一尺二寸の小脇差《こわきざし》である。

太めの鞘《さや》は黒漆塗りで、鉄製の鍔《つば》は越前記内《えちぜんきない》の飛龍透《ひりゅうすか》し。柄《つか》はと見れば黒の菱巻《ひしまき》の下から覗く鮫革《さめがわ》の粒が大きくて揃っている、最上等の質だった。

左内は脇差のみを取り、帯前に差す。懐中に畳んだ手ぬぐいを入れたのは、帯びた刀を安定させるためである。

塵《ちり》ひとつない土間には、あらかじめ草鞋《わらじ》が用意されていた。ここ数日来、井ノ頭へ通うのに愛用しているものだった。

土間に立った左内はきっちりと紐を結んで草鞋を履き、腰高障子を引き開ける。

「早いねぇ、先生」

「今日も出稽古かえ？」

口々に声をかけてくるおかみたちに微笑み返し、左内は路地を抜けていく。

木戸を潜ると、神田川のせせらぎが聞こえてきた。

対岸の柳原では古着屋の親爺たちが早くも集まり、店開きの支度を始めている。

江戸の平穏な一日が、すでに始まっていた。

晴れ渡った蒼い空を見上げつつ、左内は歩を進めてゆく。

程なく、水道橋前の懸樋が見えてきた。いつもと変わることなく、市中に水をもたらしてくれている江戸の生命線だ。

陽光が川面に明るく照り返している。

川端を歩いていく左内の横顔も、きらきらと光り輝いていた。

五

「お出でなされましたな」

伊兵衛は今日も笑顔で迎えてくれた。

「毎度お邪魔いたしまする」

答える左内の表情も明るかった。

子どもたちに剣を教える日々には、たしかに充実感がある。

しかし、左内は父親の仇を討つという重たい責を担っている。それも実の兄を斬らねばならない使命を課せられた身であり、胸の内にはいつも憂いを抱えていた。

そんな懊悩《おうのう》が、達観《たつかん》した伊兵衛と接していると薄らぐように思える。なればこそ朝早くから起き出すのも苦にならず、こうして日参できているのだ。

「されば、参りましょうか」

「はい」

差し出された鎌《かま》と籠《かご》を受け取り、左内は微笑む。

これから野良仕事を始めるのだ。

伊兵衛には身寄りがなく、菊と二人きりで暮らしている。その暮らしは自給自足を旨とするものだった。午後になって村の子どもたちが集まってくる前には自前の田畑に出て作物の収穫と草取りに取り組むのである。

「旦那様」

そこに菊が姿を見せた。こちらも伊兵衛と同様に野良へ出る支度をし、洗い晒しの手ぬぐいを姉さんかぶりにしている。

「うむ」

揃ったところで、三人は連れ立って冠木門《かぶきもん》を潜った。

借りている田畑は家の裏手にある。

左内は着流しの裾をはしょった格好で鎌を使う。

豊かに実った茄子《なす》と胡瓜《きゅうり》は、朝露にしっとりと濡れていた。

(こうして育っていたんだなぁ)

幼い頃に父の知行地で名主の家に泊めてもらうたびに、取り立ての野菜を毎朝振舞ってもらっていたのが懐かしく思い出される。

爽《さわ》やかに汗を流す左内の視線の向こうで、伊兵衛と菊は二人揃って田圃の草取りに励んでいた。

菊は当年二十五歳になるという。決して美人ではないが、伊兵衛と同様に達観した明るさと優しさを持つ、気の良い女人《にょにん》だった。

折に触れて接しているうちに、左内は気付いていた。

この二人の間には、情を交わした男女の雰囲気が無い。親子ほども齢の違う男女は清い仲のまま、天涯孤独な者同士で肩を寄せ合って生きているのだ。そんな二人の姿は若い左内の目に、何とも微笑ましく映っていた。

平穏な日常が破られたのは、野良仕事を始めて四半刻ほど経った頃だった。

「む……？」

左内の双眸に、怒りを漲《みなぎ》らせた顔が映じる。

「見付けたぞ、楢井伊兵衛！」

怒声を張り上げながら畦道《あぜみち》を疾駆してきたのは、身の丈の高い若者であった。左内とほぼ同じ、六尺近い長身である。

着衣は旅塵《りょじん》にまみれている。動きやすいように背中の裾が割れた打裂羽織《ぶっさきばおり》も、埃を避《よ》けるため天鵞絨《ビロード》を裾に付けた野袴も、すっかり陽に焼けていた。

齢はまだ、二十歳《はたち》をひとつふたつ過ぎたばかりであろう。がっちりとしていて筋骨逞《たくま》しい、男臭い風貌の持ち主だった。

尋常な態度ではないと見て取るや、左内は鎌を放り出していた。

畦道を駆け抜け、立ち尽くしたままの伊兵衛と菊をかばって前に立つ。

「何事ですか」

努めて穏やかに語りかけながら、左内は両の腕を体側に下ろしていた。

必要となれば即、帯前の脇差に手を掛けるのが可能な体勢だった。自ら好んで事を荒立てるつもりはなかったが、斬り付けられてしまってから慌てても遅い。臨戦態勢とは常に必要なものなのである。

「手出し無用っ」

若侍は変わることなく、強気な態度を示していた。

草鞋履きの踵を両方とも地面に着け、後ろにした左足を横に開いている。古流剣術において撞木《しゅもく》と呼ばれる運足《うんそく》だ。

「止め立てするならば、うぬから先に斬り捨てるぞ!!」

大喝しざまに、若侍はぐんと上体を沈める。

続いて示したのは奇妙な構えだった。

しゃがんだ足の踵に腰を下ろした体勢となり、右の手のひらを返す。

手のひらではなく甲を刀の柄に付けるとは、何とも奇妙な抜刀姿勢である。

いずれにせよ、抜く気満々なのは間違いなかった。

左内は肩幅に足を開いた自然体のまま、じっと若侍を注視する。

襲撃の一瞬は、突然に訪れた。

「！」

上体を沈めていた若侍が、ぶわっと飛翔する。

その場で己の身の丈ほども跳躍し、無言の内に刀を抜き付けたのだ。

とっさに左内は後方へ跳び、横一文字の抜き付けを回避する。

こめかみを狙った一刀が、鼻先すれすれを行き過ぎていった。

（香取神道流《かとりしんとう》か）

若侍の振るう剣の流派を、左内はすでに見抜いていた。

天真正伝香取神道流《てんしんしょうでん》――

古来より剣の聖地として名高い下総国の香取神宮に参籠《さんろう》し、開眼《かいがん》するに至った室町の世の兵法者・飯篠長威斎家直《いいざさちょういさいいえなお》が創始した流派だ。刀だけでなく槍術《そうじゅつ》、棒術、薙刀《なぎなた》術に柔術までが網羅《もうら》された総合武術であり、往時の合戦において用いられた軍学も伝承されているという。

若侍が示したのは同流派に伝わる居合術の一手『抜附之剣《ぬきつけのけん》』である。その場跳びで大飛翔しながら刀を抜き付けることで機先を制する技だ。

流派の別を問わず、居合とは初太刀《しょだち》だけで勝敗を決する術とは違う。抜き付けた刀を遅滞なく操って二の太刀、三の太刀を見舞っていく連続攻撃が身上なのだ。対決するのは初めての流派だったが、古流中の古流たる香取神道流となれば攻めに隙があるはずもないだろう。

着地した若侍の間合いに、左内は臆《おく》することなく踏み入っていく。

若侍は、刃を上に向けた刀身の峰に左手を添えていた。対する左内から一瞬も視線を離すことなく、鋭く睨《ね》め付けている。

刹那、重たい金属音が上がった。

左内は脇差を鞘走らせざまに、若侍が見舞ってきた突きを受け止めたのだ。

「むむむ……」

若侍が思わず呻《うめ》きを上げた。

合わせた二条《にじょう》の刀は微動だにしない。

左内は垂直に立てて握った脇差の鎬《しのぎ》——側面で若侍の突きを受け止めたまま、がっちりと押さえ込んでいたのだ。

それは古流剣術の諸流派において『継飯付《そくいづけ》』と呼ばれる防御法だった。

飯粒を練り上げて作る糊《のり》である継飯と同様に粘りに粘り、ひとたび受け止めた敵の刀身を決して離すことなく、反撃を封じてしまうのである。

「お、おのれっ」

「落ち着きなさい」

堪らず喚く若侍に、左内は刃を合わせたまま呼びかける。

優位に立っていても、対手を軽んじた素振りなど微塵も見せてはいなかった。技倆《ぎりょう》のみならず、貫禄で圧倒していたと言えよう。

「このままでは話もできますまい。退いていただけませぬか」

「くっ」

悔しげに歯噛みしつつ、若侍は刀を引いた。がっちりと押さえ込まれていたのが嘘《うそ》のように、左内の脇差が刀身から離れてゆく。

「……貴公は？」

「日比野左内と申します」

慇懃《いんぎん》に答えながら、左内は刃を鞘に納めた。

「……柴崎条太郎《しばざきじょうたろう》と申す」

不承不承名乗っても、若侍の目つきは鋭いままだった。納刀しようともせず、横目で伊兵衛を睨み付けている。

対する伊兵衛は無言だった。怯えているわけではない。傍らに立った菊はすっかり青ざめていたが、こちらは毅然《きぜん》と顔を上げて若侍を見返している。

「そも、貴方は楢井殿と如何《いか》なるご縁なのですか」

黙ったままの伊兵衛に代わり、左内は静かな口調で問いかけた。

「仇にござる」

「仇……？」

「さもなくば、余人に刀を向けたりはせぬわ」

返された言葉は依然として、烈しい怒りに満ちたままであった。

六

野良仕事を半ばで切り上げざるを得なくなった一同は、田畑を後にした。

伊兵衛と菊が先に立ち、後に続く条太郎との間に左内が入って歩を進めている。

「面目次第もありませぬ……」

「今は何も申されますな」

詫《わ》びることしきりの伊兵衛に、左内は声を低めて告げた。

しかし、事態は予断を許さなかった。野良では人目に立つからと宥《なだ》めて場を替えることにはなったものの、対手の怒りはまだ収まってはいないのだ。

生け垣が見えてきた。

「結構なお住まいだの」

しとみ戸を開いて迎え入れる伊兵衛に、条太郎は憮然《ぶぜん》と告げた。

奥の部屋に通されても、その居丈高《いたけだか》な態度は変わりはしなかった。

「槍薙刀はおろか、小脇差の一振りも見当たらぬ……。ご家中一の遣い手と謳われし御仁にしては解《げ》せぬことよ」

たしかに伊兵衛は常に丸腰で過ごしており、私室にも刀架さえ置いていない。仇を討ちに乗り込んできた身にしてみれば拍子抜けしているに違いなかった。

向き合って座した伊兵衛と条太郎の間に、左内は席を作ってもらっていた。菊はと見れば廊下に座り、思い詰めた様子で事の成り行きを見守っている。

「情けなき哉《かな》」

溜《た》め息をひとつ吐《つ》くと、条太郎は左内に視線を向けた。

「されば日比野氏、腰の物をお貸し願おうか」

「柴崎殿……」

「丸腰の者を斬るわけには参らぬ。拙者も脇差にて相手をする故、お手数だが検分役

も お引き受けいただきたい」

無礼ながらも、決意を秘めた口調である。

柴崎条太郎は当年二十二歳になるという。そして楢井伊兵衛は同じ道場で香取神道流を修めた先輩剣士であり、二年前に彼の父を斬って脱藩した仇だと言うのだ。二年も仇を求めて諸国を流浪して江戸に辿《たど》り着いたとなれば、尾羽打ち枯らした態でいるのも頷けることだった。

「お気持ちは重々判りますが、急いてはなりませぬ」

努めて冷静に、左内は語りかける。

自分も仇討ちの使命を担う立場となれば、他人事《ひとごと》とは見なしていない。だが敬意を寄せて止まない伊兵衛が首を取られるのを見逃すわけにもいかなかった。

「とまれ、今少し話をいたしましょう」

「話すことなど有りはせぬ」

条太郎は不快そうに口元を歪めた。

苛立《いらだ》ってはいても、左内に刃向かおうとはしない。一瞬の攻防を経て、自分より腕が立つことを思い知らされたからなのだろう。

ここは自分が話を進めていくのが良策。そう判じた左内は、すっと膝《ひざ》を進めた。

「されば楢井殿、貴公からお話を……」

「はい」

静かに頷き、伊兵衛は沈黙を破った。

「御父君を手にかけしこと、今となっては詫びようもありませぬ」

「……されば、うぬが父の仇に相違ないというわけだの？」

「左様にござる」

「殊勝なりと申しておこう」

条太郎は薄く笑った。仇が身の潔白を訴えれば、無理無体に斬ってしまうわけにはいかない。まして手練の左内が傍に就いているからには、仇討ちは容易ならざることになったと思案してもいたのだろう。浮かべた笑顔は硬いながらも、安堵の念を感じさせるものであった。

と、その笑顔が凍り付く。

「討たれるにしくはござらぬが、暫時の猶予をお願い申す」

「何と申す!?」

「手習いの弟子たちを教え半ばで放ったまま、空《むな》しゅうなるわけにはいきません」

自分が仇だと認めた上で、幼い弟子子を抱える身としては今すぐ討たれるわけにはいかないと言っているのである。

「おのれっ」

「頼みます」

いきり立つ条太郎に、伊兵衛は深々と頭を下げた。

「何卒《なにとぞ》、暫しの間だけ……」

丁重きわまる素振りであった。あの気合術を以てすれば丸腰でも負けるはずはないというのに、平身低頭してまで猶予を願い出ているのだ。伊兵衛の達人ぶりを知る者ならば皆、不可解に思わずにはいられないことだろう。

（解せぬことだ）

左内は唖然《あぜん》としていた。

正当な理由の下に為される仇討ちとなれば、門外漢にすぎない左内に止め立てする権利はない。むしろ伊兵衛に対決を促すべきであった。

ところが伊兵衛は手習いの弟子たちの存在を理由に、命乞《いのちご》いをしているのだ。きりの良いところまで指導を終える猶予が欲しいという気持ちに、偽りはないと見なしていいだろう。

もとより、命乞いする理由がそれだけなのか否かは定かではない。

菊と一緒に生き延びたいというのが、むしろ本音なのではあるまいか――

ともあれ、このまま傍観しているわけにはいくまい。

「ふざけるな！」

条太郎は完全に激昂《げっこう》していた。右膝の脇に置いていた刀を取り、今にも抜き打たん
と居合膝の体勢を取っている。

「ま、ま」

いきり立つ条太郎の前に立ち、左内は続けざまに言い放つ。

「楢井殿をお疑いならば、僭越《せんえつ》ながら拙者《せっしゃ》に任せてください」

「何とするのかっ」

「拙宅にお越し願いまする。狭い長屋ゆえ、ご不自由をおかけするとは存じまするが
目を離すことはゆめゆめありませせぬ」

万が一にも伊兵衛が逃げ出さぬように、自分が預って見張ると申し出たのである。

「構いませぬな、楢井殿」

「忝ない」

左内の問いかけに、伊兵衛はほっとした様子で目礼を返す。

それでも条太郎は信用しようとしなかった。

「されば、俺も立ち合うまで居座らせてもらうぞ！」

「拙者の長屋に、ですか？」

「土間の片隅でも構わぬぞ」

口をへの字に曲げて、陽に焼けた顔に闘気を滲ませている。

この若侍、相当に頑固である。

（仕様があるまい）

胸の内で苦笑しつつ、左内は言った。

「されば、いっそ私がこちらでご一緒させていただきましょう」

「え」

啞然とする条太郎を尻目に、左内は廊下の菊へ呼びかけた。

「菊殿、勝手を申して相済みませぬが何卒」

「よろしゅうございます！」

安堵の顔で菊は即答する。

左内の判断は正鵠《せいこく》を射たものだったと言えよう。

仇同士を一つ屋根の下に置いておけば、いつ血の雨が降るか定かでない。間に入る第三者の数は、多ければ多いほど良いのだ。

当の条太郎にしても、関わりのない者まで仇討ちに好んで巻き込みたくはないことだろう。あからさまに難色を示しながらも、左内の申し出を拒まなかったのが何よりの証左であった。

「申し訳ない、柴崎殿」

歯噛みする条太郎に、伊兵衛は恐縮した様子で告げる。

「……好きにせい」

吐き捨てる若侍に、左内はさりげなく申し出た。

「されば柴崎殿、今ひとつ頼まれてはくださいませぬか」

「何じゃ」

「私の道場に文を届けていただきたい。手前の弟子たちに、今日は稽古を休むと伝えねばなりませぬのでな」

「おぬしが行けば良いであろう！」

「そうは行きますまい。私が留守にしているときに事を荒立ててもらっては、元も子もないですからね」

「む……」

条太郎はしぶしぶ頷く。完全な貫禄負けだった。

七

かくして奇妙な雑居が始まった。

井ノ頭の瀟洒な一軒家に、今日も元気な声が響き渡る。

「いち！　に！」

「いっち！　にぃ！」

左内は道場の門弟一同を午後から井ノ頭へ日参させ、伊兵衛宅の庭先を借りて稽古を付けることを始めていた。

幼子たちは大喜びである。野天でならば、いつもと違って伸び伸びと竹刀を振るうことができるからだ。

年嵩の少年たちは掛かり稽古の最中だった。

「小手《こて》、面《めん》っ！」

「胴ー!!」

どの子も皆、思わぬ出稽古の機会が得られたのを心から喜んでいた。

親たちも異を唱えはしなかった。今日びの御府内で昼日中から人さらいを働くような處外者はいないし、何よりも左内を信用してくれているからである。

左内にしても、もしも条太郎が子どもに暴力を振るうような手合いならば最初から使いなど頼んだりはしない。この若者が真っ直ぐな気性の持ち主であることは、初対面で剣を交えたときから承知の上だった。

「跳ねたらいけないよ、摺《す》り足、摺り足！」

「よし、そこで手の内を締めてっ」

年少組と年長組の間を巡りながら、左内は潑剌《はつらつ》と稽古を付けている。道着姿で愛用の竹刀を引っ提げ、颯爽《さっそう》と立ち回っていた。

そして屋内では、伊兵衛が前倒しで講義を進めている。

「さ、力を抜いて……」

筆を握らせた弟子子の手に指を添えて、どんどん書き進めさせる。本来ならば幾度でも自力で直させるべきなのであろうが、今は残された時が無いのだ。

仇討ちそのものは避けられぬことである。

条太郎と約束した通り、手習いの弟子たちが課程を履修し終えたときは謹《つつし》んで対決に臨まなくてはならない。

伊兵衛はもとより、左内も平静を保ったままでいる。

腹を括《くく》っていればこそ、条太郎の存在に動揺しないのだ。

「ふん……」

そんな二人の様子を苛立たしげに見やりつつ、若侍は黙々と素振りを続ける。

そこに菊が歩み寄ってきた。

独りで野良仕事を終えてきた疲れも見せず、明るい顔で呼びかけてくる。

「お昼になさいまし、柴崎様」

「いらぬ」

「そう申されずに、どうぞ召し上がってくださいまし」

菊はかねてより親しんでいる左内に対してはもとより、条太郎にも親しげに世話を焼いてくれていた。伊兵衛を斬るべくして現れた対手と承知の上で、狷介《けんかい》な態度などまったく示しはしなかった。

「ご一緒にいただきましょう」

憮然と木刀を振り続ける条太郎に、続いて左内が呼びかける。

やむなく、条太郎は後から付いてきた。

縁側に並んで座り、菊が運んで来てくれたお盆に手を伸ばす。

供されたのは握り飯だった。麦混じりの飯を食べやすい大きさに握った上から粗塩《あらじお》が振ってある。麦飯と塩は良く合うのだ。

心尽くしの塩むすびを噛み締めながら、二人は空を見上げる。

武蔵野には今日も、見渡す限りの青空が広がっていた。

「佳《よ》き日和《ひより》ですね」

「うむ」

左内のつぶやきに頷きつつ、条太郎は指に張り付いた麦粒を舐めている。

「菊さんの料理は何であれ、美味ですよ」

「左様……」

と、条太郎はおもむろに左内へ視線を向けた。

「して日比野殿、あの女は何者なのだ？」

「え？」

左内は思わず唖然とした。

「まさか、ご存じないのですか」

「まったく判然とせぬ故、こうして貴公に問うておるのだ。榴井は早くに内儀を病で亡くし、国許では永らく独り身を通しておった故な、まさか女子《おなご》と暮らしておるとは思わなんだよ」

「成《な》る程《ほど》……」

憮然としている条太郎に、左内は努めて穏やかな口調で答えた。

「菊殿に如何なる過去があるのかは存じませんが……あれほど出来た女人《にょにん》に出会うたことはございません」

「たしかにな」

語り合う二人の視線の向こうで、菊は今日も家事に勤《いそ》しんでいる。伊兵衛と同様に悟り切ったようなたたずまいであった。

のみならず、菊はこんなことまで言ってきた。

「もっと稽古に身を入れなすったほうがよろしいんじゃありませんか、柴崎様」

盆を下げに来るや、さらりと条太郎に告げる。

「無礼であろう」

「旦那様は強うございますよ」

憮然とするのを意にも介さず、菊は続けて言った。

「軽んじますれば、必ずや返り討ちに遭《あ》われましょう。お気を付けなさいまし」

自信に満ちた物言いである。

「む……」

条太郎は怒るよりも呆気《あっけ》に取られていた。

たしかに、言われたことは当たっている。国許に在った当時の伊兵衛は家中随一の手練であり、自分など足元にも及ばぬほどの実力者だったのだ。

すでに刀を捨てた身とはいえ、確実に制し得るとは限るまいと察しが付かぬほど条太郎は愚かではなかった。なればこそ泊まり込みで監視しながらも、素振りに励まずにはいられないのである。

だが、どれほど独り稽古をしたところで不安は拭い去れない。

条太郎がこう言い出したのも、無理からぬことであった。

「……お相手願えぬか、日比野殿」

「よろしいでしょう」

即座に頷くや、左内は縁側に置いていた木刀を取る。この一軒家を稽古の場とすることになったとき、向柳原から条太郎に道具を運んできてもらっていたのだ。

大中小三振りの木刀が、昼下がりの陽光に照らされていた。

とりわけ目を惹《ひ》いたのは三尺一寸物の大太刀だった。乱世の合戦場《かっせんば》において、槍や薙刀といった長柄《ながえ》武器に対抗するために用いられた長尺の刀剣である。左内が修めた中条流には小太刀を以て大太刀を制する稽古法が古来より取り入れられており、伝説の剣豪とされる佐々木小次郎は中条流から派生した冨田《とだ》流の剣を学び、師の稽古相手を務めるうちに大太刀の扱いに熟達したとも伝承されている。

「されば、大太刀にてお願いいたそう」

「構わぬのですか？」

「遠間より仕掛けて貰《もろ》うたほうが稽古になるのでな。それに、大太刀ならば打ち込みも強い……」

案じ顔の左内に、条太郎は不敵に微笑み返す。容易ならざる対手の左内を前にしていながら、大した自信であった。

八

条太郎と左内は、提刀《ていとう》姿勢を取って対峙《たいじ》した。

「参ります」

一声告げるや左内は裸足の両踵を地面に着け、後足を撞木にした。

いつも子どもたちの手本となって示しているように両の爪先を前に向けた、きれいな足さばきとは完全に別物である。古流剣術に独特の撞木足こそが、左内の会得した本来の運足法なのだ。

思えば奇妙なことだった。仇討ちを成就させるために技を伝授することは今までに幾度も引き受けてきた左内だが、討たれる相手に肩入れしていながら、その敵となる者に一手指南をするのは初めての経験であった。

(この若者は本気なのだ)

そう思えばこそ、情をほだされたのかもしれなかった。

たしかに条太郎は真剣そのものである。

木刀の切っ先を左内の喉元に向け、見開いた双眸をぎらぎらさせている。こちらの攻めを一度は完全に封じてのけた強敵に対し、闘志を燃やして止まないのだ。

となれば、全力で対手を務め上げてやらねばなるまい。

風を巻いて猛然と打ち込んでくるのを、左内は真っ向から受けて立った。

継飯付で封じ込もうと思えば、容易《たやす》いことである。

しかし、それでは条太郎の力を引き出すには至らない。二度までも左内に制されてしまえば、更に自信を失うのは目に見えていた。

今は思い切り打ち合うことで仕太刀《しだち》——相手役を全うしてやりたい。左内はそう心に決めていた。

青空の下に、かっ、かっと鋭い音が続けざまに上がる。

（面妖《めんよう》だな……）

打ち合ううちに、左内は不可解なことに気付いた。

攻めかかってくる条太郎の手数が、異常なまでに多いのだ。

むろん、左内とて香取神道流の技の形をすべて把握できているわけではなかったが条太郎の太刀筋はどうも古流剣術らしくない。こちらの木刀を目がけて打撃してくるばかりで、一向に急所を狙い打って来ないのだ。

対する条太郎は何の疑問も持たぬ様子で、伸びやかに木刀を打ち振るっている。

決めの一手は大きく近間へ踏み込みざまの、眼前での寸止めだった。

「俺の勝ちだな」

汗まみれの顔で、条太郎は満足そうに告げてくる。

これで雪辱は果たしたと言わんばかりの、自信満々の態度であった。

条太郎は意気揚々と木刀を納め、喉の渇きを癒しに泉水のほうへと歩き去った。

左内は黙って見送り、淡々と木刀に拭いをかける。

と、その背中に呼びかける声が聞こえてきた。

「お疲れ様です」

伊兵衛はにこやかな表情だった。立ち合い稽古に熱中する二人のことを、ずっと見守ってくれていたのだ。

「……よろしいですかな、日比野殿」

遠ざかっていく条太郎の背中を見送りつつ、伊兵衛は言った。

「右の手の内が、些《いささ》か強すぎるかと存じます」

左内のことを言っているのではない。

今の立ち合いにすっかり満足した様子でいる条太郎の、己自身では気付かずにいる欠点を指摘したのである。

「お気付きにござったか」

「ついつい、目に付いてしまいましてな」

苦笑しながら、伊兵衛は続けて言った。

「それと今一つ伝えてください。むやみに刀を合わせず、裏小手を狙うべしと」

「楢井さん……」

「もとより、貴殿もお気付きでありましょう」

伊兵衛が何を言わんとしているのか、左内には察しが付いていた。

香取神道流に限らず、戦国乱世もしくはそれ以前に発祥して体系化されてきた剣術流派の技はすべて、合戦で行使することが前提となっている。

合戦場で相対する敵は頭を兜《かぶと》、胴を鎧《よろい》、両の手を小手で防護しており、よほど刃筋を通して斬り付けぬ限りは致命傷を与えるのが難しい。具足《ぐそく》の隙間を狙い、一太刀で決めなくては倒すことができないのだ。その点は左内が幼少の頃から学び修めた中条流も同じであった。

ところが太平の世を迎えて二百年余が過ぎた今、剣術の様相は一変している。

重たい甲冑《かっちゅう》を装着して戦う介者《かいしゃ》剣術に代わり、かつては素肌剣術と呼ばれた平服《へいふく》での立ち合いが一般化して久しい。稽古の方法も木刀での組太刀《くみだち》に代わり、防具と竹刀を用いる撃剣が主流となっている。直参《じきさん》であれ大名家であれ、仕えてから剣の技倆を問われるときも同様だった。

左内が子どもたちに木刀での組太刀ではなく撃剣を教えているのも、稽古を通じて健《すこ》やかな心身を養ってほしいことに加えて、自分の許から巣立って主持の侍となったときに困らぬようにとの配慮なのである。

だが条太郎がいま必要としているのは安全な、普遍性のある剣ではない。仇を討つための、平たく言えば人を斬るための技を錬り上げなくてはならぬ立場なのだ。

たしかに同じ世代の若者の中では抜きん出ている遣い手であろう。しかし伊兵衛を相手取って制し得るとは考え難い。五分五分どころか、一太刀浴びせることさえ至難に違いなかった。

しかし哀しい哉、当の条太郎は自分がなぜ劣るのかを自覚できていない。

力量の差があるのは承知していても、その根本となる理由にまで気付いてはいないことだろう。

「まこと、剣の道とは一日にして成らざるものですな……」

溜め息を漏らしつつ、伊兵衛は問わず語りで教えてくれた。

「わが流派の組太刀は、余人に手の内を明かさぬことが身上なのです」

「と、申されますと？」

「芝居がかっていると見られる向きもござるが、すべては崩し——決め手を隠し通すための策と思うてくだされい」

左内に明かされたのは、香取神道流の秘事と言うべき事柄だった。

当流派の技の形はどれを取っても、一見した限りでは余りにも手数が多すぎる印象を与えるが、それはあくまで擬態なのだ。合戦場においての鎧武者同士の立ち合い、すなわち敵を討ち取った手柄の証《あかし》となる首級《しるし》を取るか取られるかという極限状況の下で確実に、かつ速やかに致命傷を与えるための決め手が実は存在しているのである。

しかし条太郎は若年ゆえ、裏小手を初めとする急所を一太刀で裂いて仕留める香取神道流の真の技を伝承されるには至っていない。この一点から鑑《かんが》みても、先輩剣士の伊兵衛にはとても叶うはずがないと言えよう。

伊兵衛はそんな条太郎の実力を見抜いた上で、至らぬ点を直してやろうとしているのだ。当人に直接告げるわけにはいかないため、左内の口を介して欠点を指摘しようというわけである。

自分を討とうとする者のために、かかる配慮を示すことができるとは――

(不思議な御仁だ)

楢井伊兵衛という男、どこまで底が深いのだろうか。左内はつくづく感心せずにはいられなかった。

九

約束の日が訪れたのは、五月も末に差しかかった頃のことだった。

梅雨明けも間近のはずだが、朝から薄曇りである。いつ降りだしてもおかしくない空模様であった。

今朝に立ち合うということは、昨日のうちから左内も承知している。弟子の皆には稽古を休みにするとあらかじめ伝えてあり、伊兵衛のほうも前倒しで履修させ終えた村の子どもたちに対し、二度と通ってこないように因果を含めてあるらしい。

「では、参ろうか」

伊兵衛の一声を合図に、四人は揃って一軒家を後にした。

借り物の住まいは菊の手により、隅々まで掃除が済んでいる。裏の畑もきれいに草取りを終え、収穫した余りの作物はすべて子どもらに分け与えてあった。

条太郎は左内と連れ立ち、黙然と歩を進めていた。道中で着た切り雀《すずめ》だった着衣は菊が洗い張りと繕いをしてくれたので、さっぱりした装いになっている。冴えぬのは眉間に皺の寄った表情だけである。

一方の伊兵衛は、今朝も丸腰である。刀は左内に借りると称していたが、あるいは自ら条太郎に斬られるつもりでいるのかもしれない。

（あの気合術で返り討ちにしようと思えば、容易きことだろうに……願わくば、共に生かしたいのだがな……）

左内は複雑きわまる心境だった。

そんな感傷をよそに、伊兵衛は淡々と歩を進めてゆく。

雑木林を抜けると段々畑が広がっていた。

井ノ頭池を背面にした、高台へと至る途次である。

「私を斬ったら、そのまま街道へ抜けて行くがいい」

おもむろに向き直るや、伊兵衛は条太郎にそう告げた。

「何……」

「ただし、菊には手を出さんでくれ」

「楢井……さん」

「昔のよしみで、頼む」

重ねての申し出にも、条太郎は返す言葉を持たなかった。

自分より明らかに腕が立つというのに、なぜ自分を斬れと言っているのか。それでいて正妻でもない菊の助命を懇願するのも解せぬことだった。

当の菊はと見れば唇を硬く結び、伊兵衛の傍らに立っている。勝負の結果がどうであれ運命を共にしようという、覚悟を決めた表情であった。

「されば日比野殿、腰のものをお貸しくだされ」

と、伊兵衛は左内に視線を向けた。

討たれると言いつつも、あくまで刀を持って立ち合うつもりなのだ。

左内は無言のまま、鞘ぐるみの刀を腰間から抜き取る。今日は小千谷縮の単衣に黒染めの夏袴を着けて、草鞋で足拵《あしごしら》えをしていた。

「忝ない」

押し頂いた刀を帯び、伊兵衛は条太郎に向き直る。

と、そのとき。

「待て待て、待てい！」

いざ対決に及ばんとしたところに現れたのは、胡乱な一団であった。

片や、打裂羽織と野袴に身を固めた武士たち。

片や、三度笠《さんどがさ》に道中合羽《がっぱ》を纏《まと》った渡世人ども。

何とも奇妙な取り合わせだった。

主持の侍と博徒《ばくと》が徒党を組んで道中をするなど、まず有り得ない話である。

しかし、一団を率いる中年の武士と渡世人は足並みを揃え、肩を怒らせてこちらへ向かって来ている。

「観念せいっ、楢井伊兵衛！」

「見付けたぜ、菊ぅ！」

一喝する武士に続き、小太りの渡世人が胴間声《どうまごえ》を張り上げる。

「平野《ひらの》殿!?」

条太郎が戸惑った声を上げた。

「何者なのです、柴崎さん」

「父の下役を務めていた御仁だ。それにしても何故に無頼の連中まで……」

「無頼？」

「あやつは米八《よねはち》と申す、曖昧宿《あいまいやど》のあるじなのだ。その実は博徒の代貸《だいがし》ぞ」

胡乱《うろん》な一団の正体は条太郎、そして伊兵衛と同じ家中の藩士たちと、その城下町を仕切る博徒一家の身内だったのである。

それにしても何故、彼らは仇討ちの場に割って入ってきたのだろうか。

「如何なる仕儀でありますか、平野殿っ」

「おぬし一人に任せておいては、どうにも埒《らち》が明かぬのでな。痺《しび》れを切らせて、加勢に参ったという次第よ」

前に出た条太郎に対し、平野と呼ばれた武士はうそぶく。

「されど、これは拙者の仇討ちなのですぞ!?」

「何事にも潮時というものがあるのでな」

平野は薄笑いを浮かべていた。

右手を柄に掛け、左手で鍔元をくるむようにして握っている。このまま左手を握り込めば鍔をわざわざ押し出さずとも自然と鯉口《こいぐち》が切れ、即座に抜き打つことができるのだ。凡庸《ぼんよう》とした外見に似ず、相応の剣の心得を持つ手合いと見受けられた。

果たして、平野が明かしたのは思いがけないことだった。

「観念せい、柴崎。うぬに向後《こうご》も生きていて貰うては、都合が悪いのだ」

「え……」

「こやつもうぬも、所詮《しょせん》は歯車に過ぎぬのだからな！」

居丈高に、平野は言い放った。

「この櫓井めが、あの石頭……うぬの父親を手にかけしは、刺客に立てられただけのことよ。うぬが思うておるような遺恨や裏切りなどといった理由など、最初《はな》から有りはせぬのだ」

「な、何と申されます⁉」

「恨むならば、愚直に過ぎた父親を恨め。はははは」

明かされたのは、条太郎にとって耐え難い真実であった。

二年前、伊兵衛は家中の派閥争いを終結させるために対立派の要人であった条太郎の父親を斬り捨てた。与《くみ》する派閥の長であった国家老から、かつて病妻の薬代を融通してもらっていたからだ。

ところが恩を返したつもりが思わぬ仇となった。家中の抗争に決着が付いたとたんに味方だったはずの国家老から裏切られ、伊兵衛は故なくして柴崎家の当主を斬った慮外者として追われる身になってしまったというのである。

「すべては国家老様からのご下命じゃ。逆らうことは許されぬと思えい」

「そんな……」

「うぬがさっさと仇を討っておれば良かったのだ。さすれば首尾よう家督を継ぐこともできておったであろうにの」

「…………」

「ならば、今すぐ討ってみるか？」

「む……」

「やはり兄弟子は討てぬか。情けなきことじゃのう」

絶句する条太郎を、平野勘平《かんぺい》は皮肉な眼差しで見返した。

呆れ果てた所業である。

国家老にしてみれば、対立派の要人を暗殺という非合法な手段で葬り去ったことが露見してしまってはまずい。そのために生き証人の伊兵衛が仇として討たれるように事を運び、何も知らない条太郎を討手として差し向けたのである。

すべては、二人が共倒れになってくれれば良いという目論みゆえの措置だった。

だが、時がかかりすぎてはうまくない。

業を煮やした国家老は条太郎もろとも伊兵衛を葬り去るべく、こうして討手の一団を送り込んできたのであった。

続いて、米八が口を開いた。

「つくづくお前《めえ》もふてぇ女だぜ、玉菊よぉ」

下卑た笑みを浮かべながら、菊に呼びかける。

「手前《てめえ》がどんだけ前借《まえしやく》を残したまんま、尻に帆を掛けて逃げ出したのか判っているのかえ？　おかげでこちとら大損なんだぜぇ」

「…………」

「へっ、安女郎《やすじよろう》がお高く止まりやがってよ。そちらの瘦せ浪人の旦那とはお似合いと言ってやりてぇとこだが、俺らを虚仮《こけ》にしたのは許せねぇ」

米八は口元を緩《ゆる》めていても、目まで笑ってはいなかった。

「如何なることですか、楢井さん」

「聞いての通りです」

左内の問いかけに弱々しく答え、伊兵衛は鞘ぐるみのまま刀を返して寄越す。

「武士にあるまじきことなれど、脱藩する折にこれを連れ出したのは私の罪……言い逃れなどはできますまい」

菊はかつて、城下町の悪所《あくしょ》に身を置いていたという。曖昧宿と呼ばれる、私娼窟《ししょうくつ》の女郎である。早くに妻を亡くした伊兵衛は菊とかねてより深い馴染《なじ》みであり、脱藩に際して捨てて行くには忍びずに連れて逃げたのだ。

しかし、二人は夫婦になったわけではなかった。片や仇と狙われる身、片や足抜け女郎の二人が、たとえ子どもを持ったとしても幸せになれる保障はない。なればこそ清い仲のままで生きていこうと、互いに誓い合っていたのである。

そんな健気な考えも、かつて菊を抱えていた博徒一家には通じなかった。

菊は借金を返すことができていない。

親兄弟が離散してしまっているとなれば、当人から返してもらうのみである。故に平野勘平率いる討手団と足並みを揃え、ようやく行方を突き止めた彼女の許へ乗り込んできたのだ。

「手引きしたのが何処《どこ》ぞの若旦那なら、こっちにも料簡《りょうけん》の仕様があらぁな。身請けの銭をごっそりふんだくることもできるからなぁ……それを何だい？　こんな痩せ浪人が相手じゃ話にならねぇやな。よくも親分の顔に泥を塗りやがって、観念しねぇ」

憎々しげにうそぶきながら、米八は長脇差《ながどす》を引っこ抜く。

平野勘平と配下の下士も遅れを取ることなく、一斉に刀の鞘を払う。

たちまちのうちに、十条余りの刃が抜き連ねられた。

しかし、伊兵衛も菊も慌てない。

「とうとう来てしもうたのう、菊」

「あい」

手を繋ぎ、丸腰のままで悪人どもの前に立ったのだ。

いつしか空には暗雲が立ちこめていた。

「許してくれ、柴崎」

今にも降り出しそうな空の下で、伊兵衛は申し訳なさそうに条太郎へ告げる。

「生き続けるのが叶わぬとなれば、おぬしに討たれたかったが……是非もなくなってしもうたよ」

「楢井さん……」

かつての兄弟子を、条太郎はじっと見返す。

しかし、もはや感傷を交えることが許される局面ではなくなっていた。

「ほざけ」

一笑に付し、平野は鞘を払って刀を振りかざす。

伊兵衛はそっと菊を抱き寄せ、目を閉じる。

刹那、凛《りん》とした声が聞こえてきた。

「お待ちなさい」

制止した左内の口調は、ごく静かなものだった。伊兵衛の手から引き取った佩刀《はいとう》を再び左腰に帯びている。

「何じゃ、おぬし」

「通りすがりの閑人《ひまじん》ですよ。されど、ここはひとつ物申させていただきましょう」

威嚇の色を帯びた平野の問いかけに、左内は毅然と顔を上げて返答する。

「楢井殿と刀を交えるは、柴崎さんが一人《いちにん》のみで為すべきことです。そも、仇討ちを無下に阻むは士道に反する振る舞いでありましょう。違いますか？」

「うぬっ」

「ここは任せておくんなさい、平野様」

激昂する平野の袖を引き、米八は不敵に微笑んだ。

「いいかお前ら、ここが男の見せどころだぜぇ」

「へいっ！」

「判ってまさぁ、兄い!!」

米八の配下たちは、口々に蛮声《ばんせい》を張り上げた。

いずれも殺す気満々である。大人しく退く気が無いとなれば、正面切って迎え撃つより他にないだろう。

「無益な殺生は好みませぬが、致し方ないでしょう」

淡々とつぶやきながら、左内は一歩前に出た。

「聞いた風を吐《ぬ》かすない、若造っ」

突っ込んだとたん、無鉄砲な配下は白目を剥《む》いてのけぞった。

左内の峰打ちを喰らったのである。

峰打ちとは体に届く寸前に刀身を反転させて、敵の気絶を誘う一手だ。単に力任せに打ち込むのではなく、あくまで軽く当てるのみにとどめるのである。左内が一瞬のうちに刃を返したことに気付かぬまま、この博徒は自分がてっきり斬られてしまったと思い込んで悶絶《もんぜつ》したのだ。

崩れ落ちていくのを見届けつつ、左内は刀を鞘に納めていく。

「て、てめぇ……」

米八が動揺の呻きを上げる。

居並ぶ面々を見返し、左内は凛とした声で言い放つ。

「お二人に手を出さば、容赦はせぬ！」

助っ人の思わぬ手練ぶりに、平野も米八も縮み上がっていた。

しかし、後に引くわけにはいくまい。

平野は国家老に、米八は博徒一家の親分に対する立場上、何としてでも伊兵衛と菊を亡き者にしなくては国許へ帰れぬ身なのである。

そんな頭目たちと、配下の連中は一蓮托生《いちれんたくしょう》なのだ。

となれば、是が非でも行く手を阻む左内を倒さなくてはならない。

「おのれっ」

怒号を上げるや、大柄な下士が前に出た。

左内より頭ひとつ大きい、六尺豊かな体軀の持ち主である。剣客というよりも力士じみた巨漢であった。

中段の構えを取って大足を踏み締め、血走った双眸を左内に向ける。

「どあーっ！」

腹の底から絞り出すが如き、気合いの発声だった。

それでも左内は慌てない。静かな面持ちのまま、じりっと一歩前に出る。

「うぬ!!」

巨漢が勢い込んで突進してきた。

左内は臆することなく、自ら間合いを詰めていく。

対手の巨漢は長尺の刀を振りかぶっていた。定寸よりも二寸は長い、遣い手と同様に堂々たる得物である。

それでも左内は恐れていない。

二人の間合いが、見る間に詰まる。

刹那。

「ぎゃ」

甲高い悲鳴を上げて、巨漢はよろめいた。

左内が抜き打ったのは刀ではなく脇差だった。

対手の体格と長尺の刃に臆することなく、間合いへ踏み込みざまに閃《ひらめ》かせた脇差で脇腹を一撃したのだ。どれほど体格差があろうとも、全身に痺れにも似た激痛の走る箇所を狙い打たれたとなれば、ひとたまりもあるまい。まして、左内の峰打ちは寸前まで刃を返さないため、浴びせられた当人は斬られてしまったと思い込んだまま深い気絶を誘われてしまうのである。

手強そうな巨漢を打ち倒しても、左内は些《いささ》かも油断してはいなかった。真剣勝負の場においては、僅《わず》かな気の緩みが命取りとなる。もとより、対手は一人きりではない。抜き連ねられた敵刃を一振りずつ、確実に制していかなくてはならないのだ。迫り来る敵にすかさず正対し、刀を振りかぶる。淀《よど》みのまったくない、流れるような体捌きだった。

「う!?」

「ぐわっ」

下士たちは、続けざまに苦悶の声を上げた。

依然として、誰一人斬られてはいない。左内が浴びせた、電光の如き峰打ちの前にことごとく薙《な》ぎ倒されたのだ。

「う、うぬっ」

左内はすでに刀の反りを返し、居並ぶ下士と子分どもに鋭い刃を向けている。

これでは、いつ斬り付けてくるのか判然としない。立ち合う者としては死への恐怖を覚えずにはいられない状況なのだった。

「参る」

凜とした双眸で居並ぶ敵を見返しつつ、左内はずんずん進んでゆく。

不退転の決意に加えて、烈しい怒りを胸の内に宿していたのだった。

一方の条太郎も、もはや迷いを捨て去っていた。

「うおーっ！」

眥《まなじり》を決して突撃し、手近な博徒に猛烈な足払いを喰らわせる。

「来ーい!!」

声高らかに気合いを発しながら、群がる無頼漢の直中《ただなか》へ一気呵成《かせい》に突入する。

「や、やっちまえ！」

気圧《けお》されつつも、博徒たちは果敢に長脇差を前に向けて突きかかった。

同士討ちなど、最初から意に介してもいない。一対多数の状況でも攻めるときは一人ずつが確実であるという、剣術の定石を知らないのだ。加えて、募る恐怖心が暴走を誘っていると見なすべきだろう。

集団で殺到してくるのに対し、条太郎は大きく跳ぶ。

着地したのは畦道《あぜみち》だった。

狭い路に身を置けば、どれほどの大集団との戦いであっても敵方は一人ずつでしか攻めることができなくなる。かの宮本武蔵《みやもとむさし》が京の吉岡《よしおか》一門を相手取ったときに用いたとされる戦法であった。

案の定、博徒たちの連携は乱れ始めていた。

「むん!」

肉厚の刀身を一閃させるや、派手な金属音が上がった。

迫り来た博徒の長脇差を、条太郎は一撃の下に打ち折ったのだ。数打ちの駄物とはいえ、鍛鉄製の刀身を砕くのは容易なことではない。少なくとも、以前の条太郎には為し得ぬはずだった。

持ち前の膂力《りょりょく》の強さだけに頼らず、手の内——柄を握る五指を正確に定めて振るうことの重要さを今の条太郎は知っている。これも左内を介してもたらされた伊兵衛の助言を拒絶せず素直に受け止め、鍛錬に励んできた成果なのである。

「ひいっ」

長脇差を台なしにされた博徒が悲鳴を上げた。

がら空きになったみぞおちに、ずんと柄頭《つかがしら》が打ち込まれる。

峰を返さぬ代わりに、敵の体には決して刃を向けない。

無益な殺生はいけないと意識して判じていたわけではなかった。このような下らぬ連中を刃にかけるのは恥と思えばこそ、斬ろうとしないのだ。

とはいえ、その攻めは苛烈《かれつ》きわまりない。

畦道に仁王立ちとなり、やぶれかぶれで突っ込んでくる博徒どもを続けざまに薙ぎ倒していく。無頼の群れは、その頭数をたちまちのうちに減じていくのであった。


「お行きなされ、楢井さん！　菊さん！」

条太郎の奮戦を横目に、左内は立ち尽くしたままの二人に告げた。

「さ、されどっ」

「生きるのです！　貴方がたご自身のためにっ」

「そ、そうはさせるかい！」

堪らぬとばかりに、米八が蛮声を張り上げた。

「お、お前ら若造どもの勝手にさせてたまるかよっ。こちとらにゃ、一家の沽券《こけん》ってもんが懸かっているんでぃ」

己自身を奮い立たせるかのように、続けざまに吠《ほ》え立てる。

対する左内の言葉は、ただ一言のみだった。

「これより先は通さぬ。おぬしも、そこの腐れ侍もな」

「て、てめぇ」

米八が長脇差を腰だめにして構えた。

一方の平野も怒りで青黒くなった形相のまま、佩刀を八双《はっそう》に取る。

「手を出してはなりませんぞ」

二人の敵に向けた視線を外すことなく、左内は後方へ呼びかける。伊兵衛が呼吸を臍下の丹田に集中させ、気合いを放たんとしたのを察したのだ。

「斯様な外道どもに、貴公が相手取る値打ちなどはございますまい。構わずに、先へお行きなさいっ」

「日比野殿……」

「早く！」

鋭く告げ置くや、左内は地を蹴った。

殺到してきた平野と米八に応じ、自ら近間へと踏み込んでいったのだ。

「舐めるんじゃねぇや、若造っ」

先に一撃を浴びせんと仕掛けてきたのは米八だった。

小太りの外見に似ず、敏捷《びんしょう》な動きである。

爪先立ちになった足裏の前半分に体重を載せ、滑るようにして前へ出る。長脇差で突いてくる角度を見切り、左内は側面へ踏み込みざまに刀を閃かせる。振るった刃は寸前で反転され、発止と米八の左脇腹を打っていた。

「ぐぅ」

弱々しく悲鳴を上げて、米八は左内にもたれかかった。

そこに平野が迫って来る。手を組んだ仲間ごと左内を斬り捨てんと、何のためらいもなく凶刃を向けてきたのだ。

悶絶した米八を脇へ突き飛ばし、左内はきっと平野を睨め付ける。

しかし、すでに間合いは一足一刀《いっそくいっとう》――踏み出して刀を振るえば届くところにまで詰まっていた。とても避けられるものではない。

次の瞬間、重たい金属音が上がった。

左内は刀を振りかぶるようにして一挙動で頭上にかざすや、避けることなく斬撃を受け止めたのだ。

両脇を締め、柄を握った左手が体の中心を通る正中線上から離れぬように意識して刀を扱っていれば、たとえ不意打ちを喰らっても恐れるには及ばない。刀身は常に体のすぐ近くに有り、とっさに防御態勢を整えることが可能だからである。

「う、うぬっ」

「卑怯者《ひきようもの》め」

呻く平野に一言告げるや、左内はぐんと伸び上がった。

「う!?」

体の均衡を崩した瞬間、平野は袈裟《けさ》がけに打ち倒されていた。

十

包囲を脱した伊兵衛と菊を連れて、条太郎は畦道を駆け抜けていく。その後方には叩き伏せられた博徒の一群が転がっていた。

三人は田圃を抜け、段々畑を越えて高台へ走る。甲州《こうしゆう》街道に出れば内藤新宿《ないとうしんじゆく》方面であれ日野《ひの》・八王子《はちおうじ》宿方面であれ、落ち延びるのは容易なはずであった。

街道脇に出たところで、三人は立ち止まった。

「……大事ござらぬか」

荒い息を吐きつつ、条太郎は呼びかける。

「忝ない、条太郎殿」

伊兵衛は深々と一礼した。傍らに立つ菊も、はにかんだ様子で頭《こうべ》を垂れている。

「早う立ち去られよ」

顔を背けたまま、条太郎は続けて言った。

「せいぜい達者に暮らしてくだされ、ご両人」

その口調は、まだ若干の険を含んでいる。仇討ちそのものが仕組まれたことだったとはいえ、かつての兄弟子が父を手にかけたのは事実なのである。恨む気持ちが完全に消えたわけではないのだ。

そんな弟弟子の胸の内を察したかの如く、伊兵衛は重ねて頭を下げる。

「まこと、礼の申しようもない」

「…………」

それでも、条太郎は無言のままでいる。

と、その耳朶《じだ》を思いがけない一言が打った。

「我らは生涯、安寧《あんねい》とは無縁であろうよ」

「楢井殿……」

「もとより、我らは子を成すことも許されぬ身ぞ。生き長らえさせて貰うたは有難き限りなれど、いずれは揃って野辺に朽ちることになるであろう」

「そんな、斯様に思い詰めずとも！　子を儲《もう》けずして、誰が貴公らの亡き後に回向をしてくれるというのですか」

思わず条太郎は向き直っていた。

「構わぬさ」

伊兵衛の態度は飄々《ひょうひょう》としたままである。

「おぬしの父御を手に掛けたことを恥じればこそ、私は刀を捨てた。したが、如何に野に生きたところで人並みの幸せなど手にしてはなるまい。あまつさえ、とうとうおぬしの寄る辺《よるべ》まで失わせてしもうたのだ。一層の報いを受けねばならぬ身と重々承知しておる」

「されど、菊さんは」

「私もこれも、共に逃げる宿命を背負うた身。何処へ参ろうと変わりはせぬ」

「しかし……」

「向後も報いに甘んじて生きて参る所存なれば、何卒お許し願いたい」

連れ立って去り行く二人を、条太郎は無言で見送る。

ついに、刀に手を掛けようとはしなかった。

条太郎が畦道を駆け戻って来たとき、すでに戦いは終わっていた。

「大事ないか、日比野殿」

「はい」

頷く左内の後方では平野と米八が昏倒したままでいた。いずれも完全に気を失っている。斬られたと思い込んでの失神は、かなり深いものであるらしい。

下士と博徒連中も、依然として伸びている。

目を覚まさぬうちに、速やかに退散するのが賢明であろう。

「楢井殿と菊さんは如何されましたか」

「落ち延びさせた。西へ向こうたようだの」

「構わぬのですか」

「ああ」

左内の問いかけに、条太郎は淡々と答えている。

ぶっきらぼうでいても、憂いのない口調だった。

「あーあ。おかげでさっぱりしたよ」

「柴崎さん？」

「これで俺も、素浪人ということさ」

懐手になると、条太郎は薄く笑った。

亡き父親に非があったからには、伊兵衛を恨み続けるわけにもいくまい。家中の暗部を知った今となっては主家に未練はないし、このまま自分が脱藩すれば仇討ちを全うする義務もなくなる。楢井伊兵衛を斬って家督を継ぐよりも浪々の身となることを条太郎は選んだのだ。

「気がかりは国許に残してきた母だけだが、いずれ呼び寄せて江戸で暮らすさ。すぐには難しいだろうが……男が一度決めたことならば、とことん貫き通さねばな」

つぶやく口調に明るさが戻りつつある。若者らしい、思い切りの良さだった。

「判りました」

左内は力強く頷き返した。

当人がそこまで考えているならば、もはや何も言うことはあるまい。ひとたび踏ん切りを付けたとなれば、余人が口を挟む必要はないのだ。

昏倒した連中をそのままに、二人は歩き出す。

条太郎は昂然《こうぜん》と顔を上げ、胸を張って歩を進めている。

しかし、まったく不安がないわけではないらしい。

「して日比野殿、まことに江戸表では腕に覚えさえあれば、おぬしのように剣の道で食うていけるのか？」

「左様。楽な道ではありませんがね」

「やはり楽ではない、か……さもあろうが、やってみるさ」

左内のつぶやきに応じて、条太郎は明るく微笑み返す。そんな若者の態度は何とも好もしいものだった。

しかし、左内の胸の内は晴れない。

条太郎は亡き父親の旧悪を知り、仇の伊兵衛にもやむなき事情があったことを理解すればこそ、恩讐《おんしゅう》を乗り越えることも叶った。

しかし左内はまだ、血を分けた兄が何故に父を斬り捨てて逐電するに至ったのかが判然としていない。

真実を知らずして、兄に刀を向けるわけにはいくまい。

仇討ちの前には、すべての事実をまず明らかにする必要があった。さもなくば血を分けた兄と斬り合うことはできるまい。

過去を清算するのは容易ではない。それでも、果たさなくてはなるまい。

左内の双肩には重たい責がのしかかっているのだ。

「如何したのだ、日比野殿？」

条太郎が怪訝《けげん》そうに問うてきた。

「ああ、すみません」

葛藤《かっとう》を胸の内に仕舞い込み、左内は晴れやかに微笑み返す。

「では参りましょうか、柴崎さん」

「うむ！」

頷くや、条太郎は再び力強く歩き始める。

「腹が減ったなぁ」

条太郎は大きく伸びをする。

背中に疲労感を滲ませてはいても、力強い足取りであった。

いつしか暗雲は去っていた。

雲の隙間から陽光が差す中、明日へ踏み出さんとする若者の後ろ姿は眩《まぶ》しい。

(かくも潔《いさぎよ》く、仇討ちを投げ打つことができるだろうか……)

誰にも答えようのない問いかけを抑え込み、本音を胸の内に隠した男の表情は依然として冴えぬままであった。

第二話　生き胴試し

一

文化《ぶんか》元年の五月も末に近付いていた。

陽暦ならば六月の末である。そろそろ梅雨《つゆ》も明けて良さそうな時期だったが、一向に青空は覗《のぞ》いてくれない。日中は蒸し暑くても夜になれば冷え込むため、風邪を引きやすい時期でもあった。

そんな鬱陶《うっとう》しい天気が続いているが、日比野道場は今日も変わらず満員だった。

「いち！　に！」

「いち！　にぃ！」

雨垂れの絶えない無双窓越しに、素振りに励む子どもたちの姿が見える。

どの子ども胴と小手のみを着けており、面は壁際に並べてあった。

雨続きでも億劫《おっくう》がったり体調を崩したりして休む者は一人もおらず、みんな熱心に毎日通って来ていた。

指導する側としては嬉《うれ》しいことだが、問題は稽古場所《けいこ》である。

いつも左内は路地の奥にある井戸端の空き地を利用させてもらい、年少組と年長組を入れ替えさせて一組は屋外で、もう一組には屋内で稽古をつけている。しかしこの雨続きでは表に出すことができないため、左内は限られた空間を常にも増して有効に活用できるように心がけていた。

何しろ、五坪ばかりの道場なのだ。

同時に稽古をすることができる人数は、せいぜい十名が限界であった。ただでさえ屋内と屋外で入れ替え制にして場所をやり繰りしているのに、好天のときとは違って屋外で竹刀《しない》を打ち振るうことができないとなれば尚のこと速やかに行動し、お互いに場所を譲り合う心得が必要となってくる。

「いち！　に！」

「いち！　にぃ！」

気合いの発声も頼もしく、年少組は潑剌《はつらつ》と素振りをしていた。

瓦《かわら》を打つ雨垂れの勢いに負けじと、刀勢《とうせい》も鋭く竹刀が唸《うな》りを上げる。

規則正しい素振りが続く中、左内は神棚の下に立って一同を見守っていた。

「さ、入れ替わって！」

「はーい」

頃や良しと見て左内が一声呼びかけるや、皆はてきぱきと動いた。今まで素振りをしていた年少組が壁際に退き、年長組の面々が道場の中央へ進み出る。

五人ずつ前後二列となって並ぶ年嵩《としかさ》の面々と入れ替わり、年少組のちび連は速やかに正座した。

「始め！」

走り回って騒いだり、ふざけ合ったりしている子などは誰もいない。

左内の号令一下、年長組の素振りが始まる。

兄弟子たちの動きを、年少組はじっと見守っている。

剣術用語では稽古や試合を見学することを『見取《みと》り』と呼ぶ。

何気なく目を向けるのではなく他者の一挙一動から参考になる点を、あるいは良くないところを積極的に見出《みいだ》して、自身の修行に反映させる心がけが肝要なのだ。日頃から左内が説いている見取りの重要性を一同は承知しており、壁際に座した年少組のちび連は幼いながらも真剣に目を凝らしていた。

弟弟子たちの視線を受けて、年長組の面々は素振りに励んでいる。

「一！　二!!」

「一！　二!!」

元服前の少年となれば、竹刀さばきも足さばきも力強い。

規則正しい踏み込みに、ぎっ、ぎっと床が軋《きし》む。それは建物が老朽化しているせいなどではなく、剣術道場として理想の設計が為されていることの証左であった。

床は剣術道場において、最も重視される箇所である。

この長屋を道場に改装するのに際し、左内が一番金を掛けたのは床板だった。弾力性に富んだ檜《ひのき》の一枚板を張り渡した床は、どれほど激しく踏み込んでも足首を痛める心配が要らない。さらに床下の地面には震動を吸収する溝が掘ってあるので、棟続きの隣近所に迷惑をかける恐れも無用だった。

金を惜しまず設《しつら》えた道場は小さい構えながらも、雨漏りひとつしていない。なればこそ弟子たちも安心し、心置きなく日々の稽古に取り組めているのだ。

正面に百回、斜めに左右五十回ずつ素振りをすれば、自然と体はほぐれてくる。

「よし！　着装っ！」

左内の号令に従い、弟子たちは速やかに動いた。

あらかじめ壁際に並べて置かれた面の上には、手ぬぐいが被《かぶ》せてあった。

各々《おのおの》の親が用意してくれた手ぬぐいには、何処《いずこ》かの大店《おおだな》が広目《ひろめ》（宣伝）のために配ったらしい屋号入りのものや、子どもが持つには似つかわしくない『かまわぬ』模様――鎌《かま》の絵に輪印と「ぬ」の一文字が派手派手しく染め抜かれた、親不孝者の遊び人が持っていそうな意匠の代物も混じっている。堅苦しい道場主ならば当の子どもの首根っこを引っ摑《つか》み、斯様《かよう》に品下がった手ぬぐいなど使ってはならないと説教することだろうが、左内はそんな野暮は言わない。稽古そのものに真面目《まじめ》に取り組み、互いに怪我《けが》をしない・させないことを心がけて行動してくれてさえいれば、何の問題もないからだ。

子どもたちは拡げた手ぬぐいで頭部を覆い、端をきっちりと折り込んで固定した上から面を着けていった。

先に着装を終えた年長組は神棚に向かって左手に、そして後に続く年少組の面々は右手に横一列となって並んだ。

年長の者は受け手の元太刀《もとだち》となり、打ち込んでくる弟弟子たちの稽古相手を務めてやるのだ。

とはいえ五坪の空間で、二十名余りが一斉に立ち合うわけにはいかない。

まずは年長組の半数に当たる、六名の少年が前に出た。

「始め！」

号令一下、掛かり稽古が始まった。

「ヤーッ！」

「エーイ！」

幼いながらも懸命に声を張り上げ、ちび連は兄弟子に立ち向かっていく。

たちまち、道場中に竹刀の打ち合う音が響き渡り始めた。

日比野道場では六歳から九歳までが年少組、十歳以上が年長組とされている。左内は武家の子弟も町家の倅《せがれ》も関係なく、年齢別に組分けしていた。

素振りは組別だが、こうして攻守に分かれて立ち合う掛かり稽古は合同で行わせるのが常である。年相応に修行を経てきた年長組の面々にとっては、目下の者を教えることも勉強になると考えているからだ。

竹刀の響きの中、左内は凜《りん》とした双眸《そうぼう》を皆へ均等に向けていた。無我夢中で竹刀を振るっているときは、身に付いている体の動きの癖がすべて出る。それを見逃すことなく確認し、後から注意を与えてやるのも指導者にとって大事な務めなのである。

年長組の六人が交代した。

対する年少組もへたばる寸前まで頑張ったところで竹刀を納め、後ろに並ぶ子たちと入れ替わる。

道場の片隅へ移動した子どもたちは小手と面を外し、しとどに濡れた顔を拭き拭き土間へ移動していく。

人数分の傘が壁の釘《くぎ》に吊《つ》られている。そして上がり框《かまち》には水を汲《く》んだ桶《おけ》と、粗塩《あらじお》を盛った大ぶりの皿が置かれていた。

「頑張ったなぁ、ほら」

「いただきます！」

兄弟子が差し出す柄杓《ひしやく》にかじりつき、弟弟子は喉《のど》を鳴らして水を飲む。その横では年少組の仲間たちがまるっこい指を伸ばし、粗塩を摘《つま》んでは口に運んでいた。

汗を流した後には、水分と塩分の補給が欠かせない。

茹《う》だるような暑さの中、それも狭い道場に籠《こ》もった状態で無理を強《し》いれば、すぐに倒れてしまうのは目に見えている。そこで左内は暑い時期には水を汲み置くと同時に塩を欠かさず用意しておき、稽古の合間に舐《な》めるように徹底させていた。

厳しく修行に取り組ませることと、未だ成長途上の肉体が限界を超えてしまうまで苛《いじ》め抜くのとは、あくまで別物である。人様の子を預かり、教え導くのを生業《なりわい》にする身として、左内は弟子の体調を常に気遣っているのだ。

「うわぁ、しょっぱいや」

「駄目だよ、しっかり舐めとかないと！」

ちび連は顔を顰《しか》めつつも兄弟子の言いつけ通り、水を飲み飲み塩を舐める。

そこに来客が現れた。

「今日も励んでいなさるねぇ」

つぼめた番傘の中から皺《しわ》の寄った顔を見せたのは、木戸番の親爺《おやじ》であった。

気付いた左内は壁際を巡り、土間のほうへ歩み寄っていく。

「如何《いかが》されたのか、小父《おじ》さん」

「なぁに、ちょいとした陣中見舞いでさ」

そう言って親爺が差し出した籠《かご》の中には、二つの真桑瓜《まくわうり》が幾つも入っていた。

あらかじめ井戸内に吊って冷やしておいてくれたらしく、表面がしっとりと濡れている。先だって井《い》ノ頭《がしら》で振る舞ってもらったものよりは若干小ぶりだが、ぎっしり実が詰まっているらしく、見るからに重たそうであった。

「娘の嫁ぎ先が武州《ぶしゅう》でねぇ。ついさっき届いたんだよ」

親爺は嬉《うれ》しそうに微笑《ほほえ》んだ。

「とても長屋の衆ぜんぶにゃ行き渡らねぇんで、おかみさんたちには隣近所で適当に分けてくれって五つばかし渡しといたんですが、先生んとこは所帯が大きいからねぇ……こいつぁ皆さんには内緒ですぜ」

雨の降りしきる中、路地を行き交う者は誰もいない。家に引っ込んだ長屋のおかみ連中は、手内職や赤ん坊の世話に励んでいる頃合いだった。

「忝《かたじけ》ない。有難《ありがた》く頂戴《ちょうだい》するよ」

「塩ばかり舐めさせてたんじゃあ、子どもらも口寂《くちさび》しいこってしょう。どうぞ存分に召し上がっておくんなさい」

「いつも騒がしくしておるというのに、痛み入る」

「なぁに。気が塞《ふさ》いでるときにゃ、いっそ騒々しいほうがいいもんでさぁ」

慇懃《いんぎん》に礼を述べる左内へ気のいい笑顔を向けたまま、親爺は言った。

長屋の住人たちは皆、実に理解のある人々だった。

床下の溝の効果で震動こそ抑えられているものの、気合いの発声は一刻ばかり続く稽古の間じゅう絶えることがない。にも拘《かか》わらず文句も言わず、左内ばかりか通ってくる弟子の少年たちにも優しくしてくれるのだ。

「みんな、小父さんに御礼を申し上げなさい」

「はーい！」

竹刀を納めた少年たちが集まってきた。

「有難うございます、おじさん！」

「ありがとう！」

「いいってことさね。しっかり英気ってえのを養ってから、また稽古に励んでおくんなさいよ」

口々に礼を告げる子どもらに、親爺は笑顔で答える。

「では、さっそく頂こうか」

親爺の手から籠を受け取り、左内は土間の隅に立てかけておいた傘を広げる。長屋の自分の棟へ一旦《いったん》戻り、切り分けてくるつもりなのだ。

籠から立ち上る涼気が何とも心地よい。

折しも掛かり稽古が一段落し、ちょうど区切りのいいところである。

真桑瓜は西瓜《すいか》と同じで、塩を振って食べても美味《おい》しい。

上がり框に用意した粗塩をしょっぱいからと敬遠している子どもも、これで十分に摂ってくれることだろう。

予定外の休憩を入れることになっても、左内は目くじらなど立ててはいない。

残る稽古時間は、あと小半刻といったところだった。

到来物の水菓子を食べさせて暫《しば》し休ませた後は、仕上げに自分が元太刀となって皆の相手をすれば稽古量は足りるはずだ。この蒸し暑さに耐えて続行させるよりは休憩を入れて気分を切り替えさせたほうが、ずっと覇気も出るというものであろう。

まずは、瓜を振る舞う支度をしなくてはなるまい。

「すぐに支度をする故、小父さんも一緒に召し上がっていってくだされ」

「いいのかい？」

「勿論《もちろん》ですよ。されば、しばしお待ちを……」

明るく告げ置き、左内は素足に下駄を突っかけた。

右手に傘を、左手に籠を提げて、ぬかるむ路地を駆けてゆく。

雨は変わることなく降り続いていたが、その横顔には明るい笑みが差している。

（やはり、倦《う》んでいてはいかんなぁ）

このところ、左内の心持ちは明るくなりつつあった。

誰にも明かせぬ仇討《あだう》ちのことを思うたびに、課せられた責の重さを改めて痛感せずにはいられない。

しかし、自分が進んで迎え入れた幼い弟子たちのことを蔑《ないがし》ろにしてはなるまいと今は考えられるようになっていた。

年長組も年少組もみんな左内を師と仰ぎ、一途《いちず》に慕ってくれている。他所《よそ》の町道場では稽古をさぼったり、竹刀さばきや足さばきに悪い癖が付いてしまっていた子どもも一人ならず混じっていたが、左内の指南のおかげで見違えるようになったとその親たちからも感謝されていた。

長屋の人々との付き合いも同様だった。

加賀《かが》藩の出であるという以外は何ひとつ素性を明かしていない自分のことを温《あたた》かく迎えてくれたばかりか、道場を構えて毎日騒がしくしているというのに嫌な顔ひとつ見せはしない。それればかりか、腕の立つ左内が長屋内に居てくれれば心強いと言って惜しみない信頼を預けてくれていた。

こうして皆から頼りにされているのに、いちいち弱気になってはいられまい。

前向きであることを心がけて過ごしていれば、自ずと気持ちにも張りが出る。

自らが選んだ生業を全うできずにいては、いざ兄と対峙《たいじ》したときにも臆《おく》せずに問い詰めるには至るまい。兄が真実《まこと》に父の仇《かたき》なのか否かを見極める上でも、日々を前向きに生きていこう。そう左内は心に決めていたのだった。

二

降りしきる雨の中、七つ刻を告げる鐘の音が聞こえてくる。

休憩を挟んで再開された稽古も、そろそろ終わりの時間が近付いている。

左内は最後の門弟に打ち込みをさせていた。

「あと一本！」

告げる声は厳《いか》めしいものだった。休憩を挟んで回復した体力を稽古終《しま》いまで余さず注ぎ込むようにと一人一人に命じ、全力で立ち向かってこさせているのだ。とりわけ年長組には弟弟子たちの手本となるようにと、厳《きび》しく自覚を持たせていた。

「はいっ」

一番年嵩の少年は竹刀を中段に構えて立ち、じりじりと間合いを詰めていく。残る面々は壁際に並んで座り、対峙した二人を固唾《かたず》を呑んで見守っていた。

一足一刀《いっそくいっとう》まで間合いが詰まり、竹刀の先が軽く触れ合う。

刹那《せつな》、だっと少年は床板を蹴《け》った。

「ヤーッ！」

体の重心を左脚に載せ、摺《す》り足で滑るようにして前へ飛び出しながら諸手で握った竹刀を振りかぶる。

勢い込んだ打ち込みは、発止《はっし》と受け止められた。

「まだまだっ」

面鉄《めんがね》越しに告げるや、左内は合わせた竹刀をぐんと押す。

腰がしっかり入った押し返しを見舞われて、少年は思わずよろめく。

「どうした！」

「今一度、お願いしますっ」

負けじと少年は声を張り上げた。

竹刀を中段に構え直すや果敢に床を蹴り、一直線に飛び出していく。

「エーィ!!」

ぱぁんと音高く竹刀が鳴った。

「よし！」

気迫十分の打ち込みを受け止め、左内は完爾《かんじ》と微笑んだ。見守っていた弟子たちもほっとした様子で、安堵《あんど》の表情を浮かべていた。

「では、本日はこれまでっ」

左内の一声を受け、皆は列を整えた。一列では並びきれないため、神棚に向かって右手の壁に沿い、前後二列に分かれて正座していく。

一方の左内は神棚左手の上席に座し、皆が座るのを待ちながら面を外している。

「黙想！」

全員が竹刀を右脇《わき》に、外した小手と面を膝《ひざ》前に置き終えるのを待ち、前列の一番前に座した少年が号令を掛けた。

一同は揃《そろ》って半眼《はんがん》となる。稽古の締めくくりに目を薄く閉じて自省するのは、後の世の剣道場でも見られる大切なしきたりである。

「止《や》め！」

黙想を終えた一同はまず左内に、続いて神棚に向かって座礼した。

「先生に礼！」

「神前に礼！」

そして速やかに立ち上がると、席次が上の者から順に左内の面前に罷《まか》り出ては頭を下げていく。

「ありがとうございました！」

「お疲れ様」

左内は一人ずつ座礼を受けては、労《ねぎら》いの言葉をかけてやる。師への礼を終えた者は胴を外し、竹刀と防具を片付けると、間を置くことなく道場の掃除に取りかかった。

年嵩の子が井戸端へ走って汲んできた桶の水に、土間で控えていた子がてきぱきと雑巾《ぞうきん》を浸していく。きつく絞ってもらった端から次々に雑巾を受け取り、床の水拭きに廻《まわ》るのは年少組の幼子たちだ。

「行くぞぅ！」

「ようし、負けないぞー！」

ちび連は並んで体勢を整え、袴《はかま》を履いた尻を立てて前へ飛び出していく。当人たちは勢い込んで競争しているつもりなのだろうが、歩き始め前の赤ん坊が高《たか》はいはいをしているような微笑ましい様である。

土間に待機した少年は真っ黒になった雑巾を受け取り、ざっと桶の水で洗ってから絞って返す。すぐ真っ黒になった水は別の少年がすかさず桶ごと表へ運び出し、井戸端へ走って汲み直してくる。一糸乱れぬ連携ぶりであった。

左内も自ら雑巾を取り、無双窓の下を拭いている。

びしょ濡れというほどではなかったが、戸をこのまま閉めきって一晩放っておけば蒸れてしまい、床板が腐食する原因にもなりかねない。道場の掃除に手間を惜《お》しまず取り組むのは弟子たちにとっては修行のひとつであり、師たる者にとっても自ら範を示すべき、大切なことであった。

　拭き終えた雑巾を片手に、左内は大きく伸びをする。

　無双窓から淡い光が差している。

　稽古に熱中している間に、いつしか雨は止んでいたのだ。これで帰りは弟子の皆も濡れ鼠《ねずみ》にならずに済むというものだった。

　拭き掃除を終えた左内は雑巾を手早く洗い、退出前の点検に取りかかった。

　皆がきれいに拭き上げてくれた床を汚さぬようにして端を歩き、忘れ物がないことを確かめる。

　弟子たちは自分が使った雑巾を一枚ずつ拡げ、水を捨てて空にした桶の縁に掛けてくれていた。こうしておいてもらえれば翌朝にはからりと乾き、左内が独りで行う朝の掃除にもすぐ着手できるというものである。共用の道具は何であれ放り出したままにはしておかず、後から使う人のことを考えて整頓する心がけが必須であると左内は日頃から皆に教えてあった。

　分担しての掃除を終えた弟子たちは、間を置くことなく帰り支度を始めている。

防具は面と小手と一緒に縛ってまとめた上で、席次の順に鴨居《かもい》に掛けておく。左内は道場にちいさな刺叉《さすまた》付きの矢筈《やはず》を一本常備しておき、皆に用いさせていた。年少組の子が危なっかしい手付きでいれば見逃さず、そっと支えてやるのも忘れない。

「さ、早くお帰り。道草など食ってはいけないよ」

「はい、せんせいっ！」

左内の呼びかけに、年少組は声を揃えて答える。いつもと同じで明るく元気な、心和《なご》む反応であった。

「失礼します、先生」

年長組の面々は神棚に、続いて左内に一礼して下駄を履く。来るときに持参した傘を右手に、袋に納めた竹刀を左手に提げていた。各自で持ち帰り、一日の稽古でささくれ立った箇所を手入れして翌日に備えるのだ。

「せんせい、またね！」

後に続く年少組のちび連も、母親に縫ってもらった袋入りの竹刀を行儀良く提げて道場を後にする。竹刀であれ木刀であれ本身と同様に大切に扱うように心がけ、剝《む》き出しのまま持ち歩いたり往来で振り回したりせぬようにという左内の教えを、みんな正しく守ってくれていた。

「うむ、また明日な……」

左内は戸口に立ち、微笑みながら弟子たちを送り出す。

と、そこに切迫した声が聞こえてきた。

「て、大変《てえへん》だぁ！」

駆けてきたのは木戸番の親爺だった。先程までとは一変し、皺《しわ》の寄った頬《ほお》を恐怖に引き攣《つ》らせている。

「如何されたのか」

左内は怪訝《けげん》そうに問いかける。

果たして、返されたのは思いがけない答えであった。

「こ、殺しでさ、先生！」

「殺し？」

「柳原《やなぎはら》に亡骸《おろく》が浮かんだんでさ。そいつぁもう、切り刻まれて酷《ひで》え有り様で……」

「とまれ、落ち着きなさい」

歯の根が合わずにいる親爺を、左内は落ち着かせようとした。

末端とはいえ市中の安全を守るために働く立場の木戸番が、ここまで動揺する様を目の当たりにしたのは初めてのことであった。

もとより、江戸の民は亡骸を見慣れている。関ヶ原《せきがはら》から二百年余が過ぎた今、合戦で女子どもや老人が虐殺されたり、落ち武者が狩られたりするような許されざる蛮行《ばんこう》は絶えて久しいが、依然として目にする機会が多いのは刑死体の数々だった。小塚原《こづかっぱら》などの刑場には獄門台が置かれ、刎《は》ねられた罪人の首が晒《さら》されている。のみならず、極刑の中でも磔《はりつけ》や火焙《ひあぶ》りは衆目に立つ場所で執行されるのが常だった。残酷には違いないが、罪を犯せば報《むく》いが来ると人々に知らしめる上では有益なことと言えよう。しかし幼き者には、無惨な亡骸など願わくば見ないでほしいと左内は常々考えていた。

「行ってはいかんぞ！」

一喝されるや、駆け出そうとしていた子どもたちは首をすくませる。ふだんは滅多に声を荒らげることのない師の態度に、ただならぬものを感じたらしかった。

「皆、早《はよ》う帰りなさい」

有無を言わせぬ口調で告げると、左内は弟子の皆を促して歩き出す。

「されば小父さん、案内してくれ」

一同が家路に就くのを見届けた上で、親爺の腕を引く。

「え……お出《い》でになるんですかい？　先生」

「うむ」

左内は言葉少なに頷《うなず》き返した。

すぐ近所で殺しが起きたとなれば、可愛《かわい》い弟子たちに要らざる動揺を与えることになる。自分には師匠として事態を確かめ、安心して稽古に通ってもらえるように皆へ説き聞かせる義務があると判じていたのだった。

三

路地を抜けた二人は新《あたら》シ橋《ばし》を駆け渡り、神田《かんだ》川の対岸に立つ。

川面《かわも》に紅い夕陽が差している。長雨のために水が流れる量は増す一方であり、土手のすぐ下にまで水が来ていた。

「こ、こちらでさ」

老木戸番が指差す先に、黒山の人だかりがしている。

暮れなずむ柳原土手に集まった野次馬は皆、表情を強張《こわば》らせていた。周りを囲む町奉行所の小者《こもの》たちも心なしか青ざめている。変死体などには慣れっこのはずの連中が動揺を隠せぬとは、つくづく尋常なことではあるまい。

「ほら、先生！」

木戸番の親爺は左内の背中に隠れたまま、怖々《おずおず》と前を指す。

「見て参る」

親爺に言い置き、左内は土手を駆け下りていく。

下駄の歯を突っかけることもなく、ぬかるんだ河原に降り立つ。川から引き上げられた亡骸は、ちょうど戸板に載せられたところだった。

正しくは、体の一部と言うべきだろう。

「む！……」

左内は思わず言葉を失った。

戸板は二枚用意されている。

神田川に浮かんだのは、大工と思しき二人連れの亡骸だという。

まだ二十歳《はたち》を過ぎたばかりと見受けられる若い大工は、仕事着姿のままで体を寸断されていた。細身の股引《ももひき》を履いた下肢は腰のところで断ち切られ、首と胴と下半身が無惨にも死に別れになってしまっている。

下帯ひとつになった数人の小者が川に潜り、二人目の亡骸を探し回っていた。先に浮かんだらしい首は、六尺手ぬぐいにくるまれた状態で土手に置かれている。

「ゆんべも大降りだったってのに……雨ん中を夜鷹漁《よたかあさ》りに迷い出て来やがったのが仇になったってぇとこだなぁ……」

苦り切った様子でぼやいたのは、検屍に出張って来た同心だった。

小銀杏髷《こいちょうまげ》に結い上げた髪は量も多く、黒々としている。月代《さかやき》を広く剃《そ》っており、顔は目も鼻も大振りで肌の色つやが良い。見るからに精悍《せいかん》な印象を与える、濃い顔立ちである。

「おい、貸してみろい」

小者の一人からおもむろに六尺棒を取り上げるや、同心は土手際に立った。雪駄《せった》と紺足袋《こんたび》に水が染みるのも構わず、自ら川浚《かわざら》いを始めたのだ。

棒杭《ぼうくい》の下の淀《よど》みへ棒を差し入れ、亡骸の一部が沈んでいないかを慎重に探る同心は黄八丈《きはちじょう》の着流しの裾《すそ》をはしょり、張りのある太腿《ふともも》を剥き出しにしていた。身の丈《たけ》こそ並みだが四肢はがっちりしており、肩幅も広い。ふだんから剣術の稽古で鍛え込んでいることを窺《うかが》わせる、逞《たくま》しい体軀《たいく》の持ち主であった。

「あったぞ！」

同心の一声を聞きつけ、近くを立ち泳ぎしていた小者がすかさず川底に潜る。胴と下肢が次々に引き上げられていく。

「やれやれ、大汗かいたぜぇ」

六尺棒を放り出し、同心はほっとした様子で額の汗をぬぐった。

桑野半四郎《くわのはんしろう》、三十五歳。

南町奉行所の廻方《まわりかた》同心である。

半四郎は黄八丈に三つ紋付きの黒羽織を重ね、内巻きにした羽織の裾を角帯の後ろ腰に挟み込んでいた。袴を略した格好は将軍家の御行列先であろうともお構いなしで横切ることを許された御成先御免《おなりさきごめん》であり、巻羽織は風に裾を煽《あお》られることなく軽快に立ち回るための着装だ。町奉行所勤めの同心たちの中でも犯罪者の探索・捕縛に専従する、廻方の精鋭だけに許された装束なのだ。

しかし、南町一の捕物名人と呼び声の高い半四郎も、こたびの辻斬《つじぎ》りばかりは手に余るらしい。

亡骸こそ回収できたとはいえ、遺留品などが出てきたわけではなかった。無惨にも斬り殺された人々の状態から、手を下した者のやり口を割り出すしかないのだ。

「とうとう五件目かい……酔狂もここまで来りゃ、とても人間様の仕業たぁ思えねぇやな」

朱房《しゅぶさ》の十手《じって》で己が肩を叩《たた》きつつ、半四郎は検屍に取りかかる。

その後方に立った左内は、表情を強張らせている。

（生き胴試し……）

胸の内でつぶやいたのは、姿無き辻斬りが用いた剣技の呼称であった。


由々しき大事は先月から始まっていた。

これまでにも四件、都合八名の罪なき町民が凶刃の犠牲になっているのだ。こたび殺害された二人の大工を加えれば、犠牲者の数は実に十名にも達するのである。

さらに、手口が尋常ではなかった。

何故の凶行かは知る由もないが、辻斬りは生き胴を試していた。書いて字の如くに人を生かしたまま試し切りにする技を以《もっ》て、殺人を重ねているのだ。しかも懐中物を取り上げた上で口を封じるという、許し難い犯行であった。

「それじゃ、昨日は給金が出たばっかりだったってぇのかい？」

「へ、へい」

半四郎の問いかけに、大工の棟梁《とうりょう》と思しき中年男が頷いている。呼び出しを受けて駆け付けたばかりらしく、息を弾ませていた。

「辻斬り野郎め……」

ぎりっと半四郎は奥歯を嚙《か》み締める。

不景気の続く昨今、金目当ての切り取り強盗は珍しいことではない。

だが、食い詰めた浪人の類の仕業にしては、余りにも腕が立ちすぎていた。

そもそも試し切りは一般の剣技とは違うのだ。

今日《きょう》びの江戸では剣術といえば、防具を着けて竹刀で打ち合う撃剣《げっけん》が主流となって久しかった。たとえ大小の二刀を常に帯びてはいても、すべての武士が真剣を用いる技に長じているわけではない。まして巻藁《まきわら》ではなく人体を、それも生きたままで両断する離れ技の遣い手などが、滅多にいるものではなかった。

処刑法としての生き胴は中世から存在したが、剣術としての試し切りは戦国乱世に端を発し、江戸開府後に発達したものである。後の世には巻藁のみが用いられるようになったが、明治維新の前後までは死罪と決まった犯罪者を対象として行われるのが常だった。死刑囚の中でも情状酌量の余地が有る者の場合は執行後すぐに遺族へ亡骸が下げ渡されるが、度し難い罪を犯した極悪人は首を刎《は》ねるだけでは済まされずに胴や手足、さらには断たれた頭部までもが試し切りに供されたのである。残酷なことには違いないが、一種の附加刑としての措置だったと言えよう。

しかし辻斬りは許されざる罪を犯した外道《げどう》に対してではなく、無辜《むこ》の人々を標的に夜毎の凶行を繰り返している。なればこそ、許し難いのだ。

何者の仕業なのかは判然としないが、太刀筋が鋭すぎる。

二人の大工は、身体を三つに分断されていた。

左内が生まれた金沢城下では、死罪が生きたまま執行される。土壇《どたん》と称される盛り土の上に罪人をうつ伏せにさせて縛り付けておき、二人がかりで首と胴を同時に断つのが『生き胴』であり、吊した状態で刃を打ち込むのが『生き吊り胴』だ。

どうやら、辻斬りは生き吊り胴の術の手練《てだれ》であるらしい。

生き吊り胴には右肩から左臀部《でんぶ》にかけてを袈裟《けさ》がけに斬る『大袈裟』、同じく右肩から左脇腹までを断つ『中袈裟』、脇腹から胴を薙《な》ぎ斬る『吊し胴』といった数々の技が存在し、家中に伝承されていた。さらに生き吊り胴に熟練した者は胴を両断した刀を返して首を刎ねる『三段切り』、目隠しをさせた罪人を歩かせておいて背後から横一文字に胴を断つ『放し斬』までを自在としたのである。

左内自身も修練だけは、幼い頃から兄弟揃って積まされていた。

亡き父は上意により幾度も生き吊り胴を命じられ、一度として仕損じずに果たしてのけていたという。息子たちにも巻藁斬りから始めさせ、引き取った刑死体を用いて試し切りを繰り返させていたものだった。吐き気を催す行いを元服前から強いられたのは、日比野兄弟にとっては苦い思い出のひとつであった。

しかし金沢城下ならばいざ知らず、江戸市中で生き胴試しの心得がある者となれば自ずと限られている。敏腕同心の半四郎が未だに下手人《げしゅにん》の目星を付けることができていないのが、何よりの証左と言えよう。

「ったく、お手上げだぜぇ……」

苦り切った様子でつぶやいた刹那、半四郎はふっと視線を上げた。亡骸を検分する自分の傍らにいつしか立っていた、左内の道着姿に視線を止めたのだ。

「お前さん、たしか中条流の先生だったな？」

「はい」

否定することなく、左内は頷く。向柳原が見廻りの持ち場というわけでもないのに日比野道場のことのみならず、流派名まで把握しているとは大したものだと胸の内では感心してもいた。

「昔気質《かたぎ》の流派のくせに竹刀打を教えていなさるそうだが……お前さん、刀のさばきは相当なもんじゃねぇのかい？」

左内を睨《ね》め付けつつ、半四郎はしつこく問うてくる。

「何と申されますか、お役人様」

左内は動じることなく、穏やかな口調で応じた。

「某《それがし》が弟子に教えておるのは人を斬る技に非《あら》ず。心身を等しゅう鍛え、胆力を培《つちか》うためのことにございます」

「だけどよぉ、お前さんは加賀様のご家中だったってぇじゃないか」

「ならば、生き胴試しを自在とするのではないか……そう申されたいのですか」

「そ、その通りよ」

口ごもりながらも、半四郎は視線を外そうとしない。

「畏《おそ》れながら、それはお門《かど》違いでありましょう」

凜とした瞳を見開き、左内は続けて言った。

「たしかに当家の仕置《しおき》（処刑）は乱世の遺風を残したものではありますが、無闇《むやみ》に刀を抜いて切り取りを為す輩《やから》などは一人とて居りませぬ。お疑いならば、いつでも本郷の藩邸へお出でなさるがよろしいかと存じまするが、ご存念や如何《いか》に？」

語り口こそ柔和《にゅうわ》であるが、些《いささ》かも気後れしている様子は無い。

桑野半四郎という廻方同心の評判は、かねてより耳にしていた。ひとたび怪しいと目を付ければとことんまで追いつめて、白状させずには置かないという。

以前に故あって半四郎の探索ぶりをつぶさに目撃したことのある左内は、侮ってはなるまいと心得ていた。斯様な者と相対するときには声を荒らげたりして礼を失することなく、あくまで毅然《きぜん》と振る舞うのが一番なのだ。

果たして、もはや半四郎は食い下がろうとはしなかった。

「そうかい」

素っ気なく一言返しつつ、のっそりと腰を上げる。

傍《そば》に就《つ》いていた小者が莚《むしろ》を拡げ、二体の亡骸に覆い被せていく。もう一人の大工も川底から胴と下肢が発見され、戸板の上に載せられたところだった。

「おぅい、引き上げるぞ」

半四郎の指図を受けて、小者たちは戸板を持ち上げる。

「怖えなぁ……」

「もう夜道を歩けやしねぇや」

野次馬たちは戦々恐々と見送るばかりだった。

辻斬りは梅雨の長雨をものともせずに跳梁《ちょうりょう》し、夜のとばりが降りた江戸市中の各所に忽然《こつぜん》と現れては凶刃を振るい、犠牲者を続出させている。それが自分の町内に出現したとなれば、皆が怯《おび》えるのも無理はないだろう。

「客足が減っちまうなぁ……」

古着屋のあるじが、表情を暗くして首を振る。

「わっちらの商売だって上がったりだよ！」

大仰に舌打ちを漏らしたのは、古株の夜鷹だった。

「何処《どこ》の痴《し》れ者の仕業かしらないけどさぁ、ほんとにはた迷惑なこった!!」

手ぬぐいの端をくわえた口をすぼませ、苛立たしげに吐き捨てる。

これは柳原土手を生業の場としている彼ら彼女らだけでなく、左内にとっても見過ごせぬ事態と言えよう。

自分の疑いを晴らした上は弟子たちにも危険が及ばぬように、全力で阻止しなくてはなるまい。万が一にも稽古帰りに襲われたとなれば、取り返しようがないのだ。

しかるに、左内は先程から黙り込んだままでいる。

「どうしなすったんです、先生？」

駆け寄ってきた木戸番の親爺が、不思議そうに問いかける。

「おんなじ剣術遣いなら、手を下しやがった野郎の目星も付くこってしょう？　何か判ったんなら教えてくだせぇよ」

「判らぬな。とまれ皆、重々用心すると致そうぞ」

言葉少なに答え、左内は踵《きびす》を返す。

長屋の木戸へ向かって歩き去る背中には、声をかけるのを憚《はばか》られるような硬い雰囲気が漂っている。

「先生……」

いつも朗《ほが》らかな若者らしからぬ態度に、親爺は絶句するばかりだった。

四

翌日も、夕方近くには雨が止んでいた。

そろそろ梅雨明けも近いらしい。

「よし！　本日はこれまで！」

弟子たちを解散させた左内は長屋へ戻り、速やかに着替えを済ませた。

午後の稽古に出る前に、衣裳《いしよう》はあらかじめ支度してあった。

いつもの小千谷縮《おぢやちぢみ》に替えて熨斗目《のしめ》を着込み、肩衣《かたぎぬ》を重ねる。

袴は、殿中《でんちゆう》用の長袴に準じた仕立ての半袴である。ふだん穿《は》いている馬乗り袴とは違って股《また》の位置が低いため、動きにくいこと甚《はなは》だしい。

「面倒なものだな」

ひとりごちつつ、右の後ろ腰に印籠《いんろう》を提げる。

刀架《とうか》から大小の二刀を取り、きっちりと帯びる。刃長こそ定寸とは異なるが、揃いの拵《こしら》えになっているので正装において佩用《はいよう》しても違和感は感じられない。

おろし立ての白足袋を履き、雪駄を突っかける。どのみち道中で汚れてしまうため懐中には替えの足袋を忍ばせてあった。

「おや先生、どちらへお出かけですかい？」

「ちと改まった席に呼ばれてな……」

目を丸くする木戸番の親爺に苦笑をひとつ残し、表通りへ出る。

空は変わらず曇っているが、すぐに降り出す気配はない。もしも帰り道に傘が必要になれば、黙っていても出先で貸してくれることだろう。

神田川に背を向けた左内は、武家屋敷が建ち並ぶ向柳原《むこうやなぎはら》の大路《おおじ》を抜けてゆく。

下谷七軒町《したやしちけんちょう》の角を右に曲がり、大小の社寺が密集する稲荷《いなり》町を左手へ辿《たど》っていけば広小路へ至る。

夕陽が差す不忍池《しのばずのいけ》を横目に、左内は湯《ゆ》島天神《しまてんじん》の裏門坂を登っていった。

切り通しの坂道の中腹を越えたところに麟祥院《りんしょういん》がある。かの春日局《かすがのつぼね》の菩提寺《ぼだいじ》として知られる名刹《めいさつ》は武家地の直中《ただなか》に建っているため傍には辻番所が置かれており、六尺棒を携えた中年の番人が厳めしい顔で立っていた。

（頼もしいものだな）

麟祥院の門前で立ち止まった左内は、ふっと微笑む。

辻番所は乱世の遺風が醒《さ》めやらぬ三代家光《いえみつ》公の治世下だった寛永《かんえい》年間に、治安維持を目的として市中の武家地の辻々に設置されたものである。当初は諸大名や大身《たいしん》旗本が費用を分担し、番人には家中でも腕自慢の足軽を常駐させたというが、時代が進むにつれて辻番所の大半は町人社会に運営が委ねられるようになっていた。血気盛んな旗本奴《やっこ》と町奴が暴れ回り、辻斬りも頻発《ひんぱつ》した寛永の世とは違って、往来で昼日中から物騒な事件などが引き起こされること今や皆無に等しいからだ。

そこに降って湧《わ》いたのが、こたびの生き胴試しであった。

ほとんどの辻番所に詰めている番人は独り身の老人ばかりであり、いざ刃傷沙汰《にんじょうざた》が出来《しゅったい》しても収めることはまず期待できまい。

その点、今も公儀と大名家が運営している辻番所は頼もしい。

生き胴試しの辻斬り犯も、斯様な場所には間違っても現れぬことだろう。あくまで出没するのは柳原土手のような、警備が行き届かない地ばかりなのだ。

（このままにはしておけまい……）

門前で一礼し、左内は再び歩き始める。辻番所の前を通過するときも、番人に目礼するのを忘れない。

「あいや、待たれよ」

会釈を返しながらも、番人は油断なく問うてきた。

「率爾《そつじ》ながら、貴公は？」

「前田家中の者にござれば、お通しくだされ」

左内は落ち着いた口調で返答する。

「それはご無礼仕《つかまつ》った」

番人は安堵した様子で一歩退き、左内に道を開けてくれた。

辻番所の横手を通り抜け、麟祥院のちょうど裏手に出ると、夕闇の向こうに豪奢《ごうしゃ》な長屋門が見えてきた。

加賀藩上屋敷の東御門である。

藩士や奉公人のための通用門とはいえ、並の大名屋敷の正門並みに大きい。

門前に立ったとたん、脇の潜戸《くぐりど》から二人組の番士が走り出てきた。脇の詰所にある格子窓越しに、左内の姿を見て取ったのだ。いずれも家中の足軽だが共に筋骨逞しい体格をしており、一分《いちぶ》の隙《すき》も無い。

誰何《すいか》するより先に、梅鉢《うめばち》紋入りの提灯《ちょうちん》を向けてくる。日が暮れてから訪ねて来たとなれば、まず不審者と見なされて当然であろう。

左内の顔を見て取ったとたん、年嵩の番士は目を剝いた。

「ひ、日比野の若様!?」

「お久しぶりです」

目礼する左内に、相方の若い番士が慌てた様子で問うてくる。

「今宵はまた……な、何故のお越しにございまするのか?」

「不破《ふわ》様より、忍びで参るようにとのお話があったのです。夜分にすまぬが、通していただけますかな」

「は、はいっ」

年嵩の番士は頷くや、すぐさま潜戸を開けてくれた。仇討ちのために御暇《おいとま》を取っている最中とはいえ、家中でも名家のひとつに数えられる日比野家の嫡長子《ちゃくちょうし》に無礼などあってはならないと心得ているのだ。

「忝ない」

二人に礼を告げ、左内は屋敷地へ入っていく。

呼び出しの書状が届いたのは今朝方のことだった。

藩邸へ出頭するとなれば、普段着では具合が悪い。なればこそ、ふだんは行李《こうり》の底に仕舞ったままの装束と白足袋を着用しているのだ。

江戸に居着いてから二度目、ほぼ一年ぶりの訪問である。

先だっての訪問の目的は、町道場を構える許可を取り付けることだった。

仇捜しを為すための足場にしたいという左内の提案に対し、藩邸のお偉方も頻《しき》りに難色を示したものである。そんな悠長な真似《まね》をしていても良いのか、諸国を探索に歩くべきではないのかと左内は再三に亘《わた》って説諭されたものだった。そんな反対を押し切って道場を開いたとき、縁は切れたと思っていた。

しかし、呼び出しを受けたとなれば無視するわけにはいくまい。

十万坪を超える広大な屋敷地には、三千人余りの者が詰めている。江戸雇いの奉公人まで含めての数とはいえ、一つの町にも等しい大所帯であった。

東御門に入って正面には藩主の居住・執務に供される御殿があり、周りを囲むようにして単身赴任の藩士たちが住まう御長屋が建っていた。

長屋と言っても町民向けの裏店《うらだな》とは違って広々としており、六畳一間と四畳二間の計三部屋に湯殿に流し、さらには囲炉裏《いろり》までが設けられている。竈《かまど》は付いていないが屋敷内の食事所で美味い加賀米を幾らでも炊いて食べさせてくれるので、自炊をする必要はない。一年半の赴任期間中の手当てとしては一日につき米一升相当の銀が別途支給されており、他藩の勤番士よりも相当に恵まれていたと言っていい。

左内が足を向けたのは東御門の右手だった。

参勤交代中の藩主が四季折々の花鳥風月を楽しむために設けられた庭園——育徳園《いくとくえん》を横目に、粛々《しゆくしゆく》と歩を進めていく。この育徳園に面して建てられた長屋は八筋長屋《はちすじながや》と称されており、藩主への御目見得《おめみえ》を許された譜代《ふだい》の家臣向けの住まいであった。

「御免」

目当ての長屋の前に立った左内は、声を低めて訪《おとな》いを入れる。

訪ねた相手は、手ずから腰高障子を開けて迎えてくれた。

「久方ぶりだの、左内」

小柄な、福々しい造作の持ち主だった。

不破三蔵《さんぞう》、五十五歳。

この上屋敷に常勤する上士で、亡き父とは幼なじみの間柄である。昨年に出府して来てから留守居役の配下として働いており、家中でも信頼を集める人物だった。

「ご無沙汰《ぶさた》をしておりまする」

左内の態度は、あくまで慇懃なものであった。

まだ家督を継ぐことが許されていないとはいえ自分は日比野家の後継ぎであり、常に家長に準じる立場として振る舞わなくてはならない立場なのだ。まして相手は亡父の朋友《ほうゆう》であり、江戸表に在っては要職を務める者となれば、礼を尽くして接するのも当たり前のことだった。

「人払いをしてある故、遠慮はいらぬ。ささ、早う上がるが良いぞ」

「されば、失礼いたしまする」

左内は深々と一礼し、脱いだ雪駄をきちんと揃える。

土間脇の四畳間は、国許より伴ってきた家士のために用意された部屋である。二人きりで話をするために席を外すよう命じたのだろう。

二人は奥の六畳間に入り、向き合って腰を下ろす。

雨こそ止んだままだが、日が暮れて冷え込むため火鉢には炭が熾《おこ》されている。部屋の中には、ほんのりとした暖気が立ちこめていた。

「ささ、飲むが良い」

不破は甲斐甲斐《かいがい》しく茶の支度をしてくれた。

「とまれ、息災で何よりじゃ」

「恐れ入りまする」

茶托《ちゃたく》に載せた碗《わん》を左内は押し頂く。

「道場は如何しておる？」

「おかげさまで盛況にございまする」

「それは重畳《ちょうじょう》……」

肉付きの良い頬を緩め、不破は湯気の立つ茶を啜《すす》る。

と、柔和な表情がおもむろに引き締まった。

「左内、心して聞いてもらいたい」

「は」

「かねてより跳梁せし辻斬りが一件、存じておるか？」

「耳にしておりまする」

一口だけ啜った碗を茶托に戻し、左内は淡々とした口調で告げた。

「昨日、手前の最寄りにて亡骸が見付かりまして……目の当たりに致しました」

「何」

驚いた声を上げるや、不破は続けて問うてくる。

「されば、た、太刀筋を何と見る!?」

息せき切った、畳み掛けるような勢いであった。

「よほど試刀術《しとうじゅつ》に通暁《つうぎょう》せし者の仕業かと……」

そこまで口にしたところで、左内は押し黙った。急遽《きゅうきょ》呼び出されたのは生き胴試しに拘わりがあると気付いたからだ。

あらかじめ予想していたことではある。

もとより、左内には実地に生き胴を試した経験はない。あくまで亡き父から兄ともども稽古をさせられた程度であり、自分が疑われているとは考えていない。とはいえ加賀藩に生まれ、剣術に通暁した彼がこたびの一件をどう捉《とら》えているのか、その所見を訊ねられるであろうことは最初から察していたのだった。

「はきと申せ」

重ねての問いかけに、左内はやむなく口を開く。

「見紛《みまご》うことなき、我が藩伝来の生き胴試しに熟達せし者の仕業と見受けまする」

「やはり、そなたも思うところは同じであったか」

不破は表情を強張らせたまま、胸の内を明かしてくれた。

「儂《わし》も先だって亡骸を見て参った。あれは間違いのう、三段切りが使い手の為したることぞ。このままでは遠からず、ご当家へ疑いの目が向けられるに違いあるまい」

このところ江戸市中で頻発している辻斬りが、どうやら加賀藩伝来の生き胴試しの剣技を悪用しての所業らしい。不破はそう断じているのである。

罪人の首を打つだけならばまだしも、生かした状態で何箇所も切り刻む処刑方法は残酷なものと見なされ、今の江戸では行われていなかった。

諸大名が国許で実践する仕置（処刑）に表立って介入してこないとはいえ、加賀藩の生き胴試しに公儀が不快感を抱いているであろうことは想像に難くない。御様御用《おためしごよう》首斬り役の山田《やまだ》家が公儀より一手に承《うけたまわ》っている試し切りは、あくまで首を刎ねた後の亡骸を用いてのことなのだ。様剣術《ためしけんじゅつ》の技としては生き胴試しも密かに伝えられているのだろうが、公儀が好ましくないと見なして禁じたことを、それも無辜《むこ》の庶民相手に無差別に行うとは考えられなかった。

辻斬り犯は、三種類に大別される。

第一に、名刀の切れ味を実地に試したくて堪らない者。

第二に、金欲しさでの強盗。

第三に、社会への不満を抱いて無差別殺人に及ぶ手合いである。

山田家は、いずれにも当てはまらない。

この江戸では、刑死した罪人の亡骸はすべて御様御用首斬り役に一種の役得として下げ渡される。たとえ大名家といえども死体を入手することはできないのだ。ために諸大名は所蔵する刀の試し切りを依頼せざるを得ず、亡骸の独占権を一手に握る山田家の内証《ないしょう》は小大名並みに豊かとさえ言われていた。かかる立場に一族の人々は誇りを抱いており、彼らが為したる所業とは甚だ考え難い。

かと言って、難易度の高い三段切りが誰にでも真似できるはずがなかった。

山田家に非《あら》ずとなれば、公然の秘密として国許で生き胴試しが行われている加賀藩の家中に下手人がいるのではないかと疑われたのも当然だろう。

だが、加賀藩邸としても表立っては動けるまい。躍起になって探索すれば、自ら心当たりがあると世間に触れ回るようなものだからだ。

痛くない腹を探られるほど不快な、かつ不名誉なことはないだろう。

「なればこそじゃ、左内」

不破は膝を寄せてきた。

「そなたを措《お》いて他に、こたびの決着を付け得る者は居らぬのだ」

「何と仰《おお》せになられます？」

左内は戸惑わずにはいられなかった。

主家より御暇を取った身の左内ならば勤番の藩士たちと違って、自由に市中を探索して廻ることも可能ではある。

しかし、目下のところは仇討ちの責を背負っている自分が如何に主家の名誉のためとはいえ、そこまで力を尽くさなくてはならないのだろうか――

と、躊躇《ためら》う左内の耳朶《じだ》を信じ難い一言が打った。

「有《あ》り体《てい》に申すしか有るまいな……こたびの騒ぎは十中八九、そなたが兄の博之進《ひろのしん》が仕業であろうと儂は断じておる」

「な……何故に、兄者が!?」

思いがけず兄の名前を出されて驚愕《きょうがく》する左内に、不破は続けて明かしてくれた。

「博之進はの、実は国許において三段切りを会得しておったのだ。守谷《もりや》家の政秀《まさひで》と共に日比野鉄蔵《てつぞう》、すなわち、そなたらが父御に付いての」

「政兄《まさにい》……いや、守谷殿までが、でありますか……。存じませなんだ」

「さもあろう。もっとも、政秀めは御家より放逐されし身であるがの」

不破は溜《た》め息を吐いた。

「鉄蔵はの、左内。庶子《しょし》の博之進が身の立つようにと、己が修めし生き胴試しの技を余さず伝授しておったのだ。後継ぎのそなたには無用のこととして中途で修行を止めさせた後にも人知れず、な……。今にして思えば、庶子なれど武芸に通暁せし有用の士である藩庁のお歴々に認めさせ、世を渡る道筋を付けてやろうと案じた末のことでもあったのだろうが、何とも皮肉な話じゃ」

「そんな……」

左内は絶句した。

もとより兄の博之進は左内にも増して武術の才に長《た》けており、武士にとって必須とされる刀槍《とうそう》の扱いのみならず、手裏剣術をも会得した手練であった。父の鉄蔵はそれだけでは飽きたらずに、生き胴試しの稽古を継続させていたというのである。

処刑のための剣技など、好んで修行したがる者はいない。まして生き胴試しは実のところ太平の世に在っては余程の重罪人に対して以外、滅多に執行されることのない方法であった。それだけに、いざ家中において必要とされたとしてもすぐに斬り手が名乗りを上げてくれるとは限らない。

忠義一徹の父は臣下《しんか》たる者、いつ何時《なんどき》でも主家のお役に立てなくてはならないとの強固な信念の下に自ら望んで生き胴試しの稽古を積み重ねてきた、稀有《けう》な藩士の一人だった。そして我が子にも同様の技を身に付けさせるべく精進させ、兄の博之進には奥義たる三段切りまでも授けていたのであった。

その行きすぎた指導が仇になった。そう不破は言いたいらしい。

「そなたにも言い分はあろうがの、事は急がねばなるまい。一刻も早う博之進を探し出し、討ち果たすのじゃ。さもなくば加賀百万石に傷が付くことと相成ろうぞ」

畳み掛ける不破の口調は熱を帯びている。兄を下手人と決め付けた上で、仇討ちを速やかに成し遂げろと促しているのだ。

しかし、左内としては反論せずにはいられなかった。

「三段切りを自在とするだけの技倆《ぎりょう》を会得していようとも、我が兄がゆめゆめ斯様な真似をするはずがございますまい!? 不破様なれば、我ら兄弟の性根を幼き頃よりご存じのはずでありましょう!」

父と竹馬《ちくば》の友だった身ならば、なぜ兄と自分を等しく信じてはくれないのか。

そう訴えかけんとしたとたん、左内の想いは無惨にも打ち砕かれた。

「たとえ博之進めの仕業に非ずとしてもじゃ、これまでの生き胴試しは家中の慮外者《りょがいもの》の仕業であったと、そなたがあやつを討ち果たせし上で公儀へ報じれば我が藩の面目は立つ。向後にまた辻斬りが繰り返されようとも、知ったことではない。これぞ一挙両得というものじゃ」

「…………」

「そなたは日比野の家督を継ぐ身なのだぞ。ゆめゆめ忘れてはならぬ」

御家の名誉のために手段は選ばぬ。実の叔父《おじ》とも慕っていた好人物の非情なる決断に対し、左内は絶望の念を覚えずにはいられなかった。

夜更けた道に、梅鉢紋の提灯が浮かび上がる。

家路を辿っていく日比野左内の表情は青ざめていた。

江戸市中の町境を仕切る木戸は夜四つ——午後十時になると同時に閉鎖され、以降は番人にいちいち断りを入れて木戸脇の潜戸を開けてもらわなくてはならない。

不審な者は足止めを食わされるのが常だったが、加賀百万石の家紋が入った提灯を示せば誰にも咎《とが》められることはなかった。

「お疲れ様にございます！」

一礼して左内を通すや、番人は拍子木《ひょうしぎ》を取る。

夜間に事情があって外出し、町境を幾つも越えて帰宅するのに際して速やかに次の木戸を通過できるようにと、これから向かうのは怪しい者ではないと証明してくれる送り拍子木を鳴らすのだ。

そんな心尽くしの配慮も、当の本人の耳には届いていない。

（兄上……）

左内の胸の内は不安で一杯だった。

もしも兄が江戸に身を潜めているとすれば、たしかに不破が指摘したように下手人である可能性は否めない。辻斬り犯は生き胴を試した後に例外なく、被害者の所持金を持ち去っているからだ。

夜陰に乗じて辻斬りを働き、金を奪うのは人目を忍ぶ逃亡者が糊口《ここう》を凌《しの》ぐには最も手っ取り早い手段と言えよう。それも様剣術の修行を積み重ね、生き胴を斬ることに慣れていればこそ初めて可能なことなのである。

悪いことに、兄の博之進は条件にことごとく合致している。

むろん、血を分けた弟である左内にしてみれば認め難い話だった。

兄が父を手に掛けたと見なされているだけでも耐え難いのに、辻斬りを働くまでに堕《だ》しているなどとは考えたくもない。

だが、真実を明らかにしなくては誰も納得はしてくれまい。

兄の無実を証明するには真の下手人を見つけ出し、討たねばならないのだ。

独り歩を進める左内の肩に、ぱらぱらと雫《しずく》が降りかかる。

(やらねばならぬ)

雨空を見上げる左内の双眸に、力強い光が宿っていた。

加賀藩百万石の、そして兄の名誉のために辻斬り探索に乗り出すことを今こそ決意したのであった。

五

ところが翌朝、左内の決意を嘲笑《あざわら》うかのように六件目の凶行が引き起こされた。

「先生！　ま、また出やがった!!」

木戸番の親爺が駆け込んできたのは、朝餉《あさげ》を終えた左内が道場で素振りをしている最中のことだった。

「大川端……？」

「両国橋を渡ったとこでさ！」

奇しくも、向柳原とは目と鼻の先である。

左内は道着姿のまま、長屋の路地を駆け抜けていく。

午後の稽古を開始する前に市中の辻斬りの現場を余さず見て歩こうと、思い立った矢先の出来事であった。

犠牲者は逢い引きの若い男女だった。

夜半の土手で逢瀬《おうせ》を楽しんでいるところを襲われて所持金ばかりか、櫛笄《くしこうがい》の装飾品まで残らず奪い取られてしまっていた。女人《にょにん》のほうは大店の娘とのことで、柔らかな体ごと切り裂かれて朱に染まった衣裳は高価な越後上布《えちごじょうふ》であった。

「何処《どこ》を見廻っていやがったんでえ！」

南町同心の桑野半四郎が、手の者と思しき岡《おか》っ引《ぴ》きを叱《しか》り飛ばしている。二日と空けずに再び事件が起きたとなれば、激怒するのも当然だろう。むろん、指揮を取る者自身に落ち度があったことは言うまでもない。

土手の上に立った野次馬たちも、半四郎の失態は十二分に承知していた。

「呆《あき》れ返ったもんだなぁ」

「これじゃ夜歩きもおちおち出来やしねぇぜ」

聞こえよがしに言い合う横を擦り抜け、左内は土手から河原へ降り立つ。

「またお前さんかい」

気付いた半四郎が、疑わしげに問うてくる。

「ちと失礼」

余計なことを言われる前に先んじて断りを入れた左内は、戸板に載せられた亡骸に向かって歩み寄った。

「な、何をしようってんでぇ!?」

「故あって、亡骸を改めさせていただきたいのです。暫しのご容赦を」

半四郎に有無を言わせず、左内は戸板に寄り添うようにしゃがみ込んだ。

まずは厳かに合掌した後に、そっと莚を捲り上げる。

男女共に着衣の上から刃を浴びせられ、首と胴と下肢が死に別れになっているのはこれまでの事件と同じであった。

だが、どこか様子が違う。

(これは……)

ふと、左内は奇妙なことに気付いた。

生き胴試しの犠牲者は、いつも二人ずつ出ている。にも拘わらず、南北の町奉行所では単独犯の仕業と見なしているらしい。逃げ去る隙も与えず、かつ無駄に斬り傷を加えることなく生きた人間を三つに断ってしまう手練が、江戸広しといえども幾人も居るはずがないというのが判じた理由だった。

しかし傷口をつぶさに検分すれば、自ずと異なる答えが導き出される。

一昨日に神田川で発見された大工たちの亡骸は斬られた後に長いこと水に浸かっていたため、すっかりふやけてしまっていた。当然ながら傷口にも浸水しており、骨の断面から鋭い切り口だと見て取るより他になかったものである。着衣にしても流水に晒されて乱れていたため、襲われた当時の状態をしかとは検分し難かった。

その点、この男女の亡骸は違う。斬られたまま川端に放置されていたため、凶刃を浴びせられたときの状態が保たれているのだ。

息絶えた男女は共に履いていた下駄を飛ばし、背骨から斬られていた。曲者《くせもの》が出現したと気付いたとたんに互いを庇《かば》い合うこともなく、我先に逃げ出したといった格好である。どれほどの生き胴試しの名手であろうとも、駆け去ろうとする二人を同時に斬って倒すのは至難の業《わざ》に違いあるまい。

それに同一人物の仕業ならば、判で押したように同じ切り口になるはずだった。男と女では体格も骨格も異なるとはいえ、振り抜く際の刀勢は変わらないからだ。刀を振るう手の内――柄を握った十指の力加減は各々の修行を重ねる過程において自ずと培われるものである。如何なる状況の下であろうとも、ぶれることなどはまず有り得まい。

しかるに、二体の斬り口は明らかに違っていた。

遊び人の男のほうは、刃筋をきれいに通した斬撃《ざんげき》で首と腰腹部を断たれている。力強いと同時に鋭利な切り口であり、背中を向けて立ったままの状態で刃を浴びたことが見て取れる。まさに加賀藩伝来の三段切りに相違なかった。

一方の大店の娘はと見れば力任せに首を斬り飛ばされた後、腰骨を真上から浴びせられた一刀で切断されていた。その証拠に、越後上布の胸元から裾にかけての一面が血だけではなく、泥にまみれている。今は乾いているが、昨夜半にこの娘に手を下した曲者は三段切りを会得するまでには至っておらず、土壇《どたん》に俯《うつぶ》せにさせておいての試し切りにのみ長じている手合いと見受けられた。

同じ生き胴試しでも似て非なる技を遣う二人組の犯行と判じれば、すんなりと腑に落ちる状況であった。

(それにしても何故、斯様な者共が手を組んだのだろうか……)

左内の黙考は、苛立《いらだ》たしげな声によって遮られた。

「お前さん、やけに執心していなさるじゃねぇか。ええ？」

仁王立ちになった半四郎は、左内を鋭く睨《ね》め付けていた。その後方では配下の小者たちと岡っ引きが油断なく身構え、左内を取り囲んでいる。

「一度だけなら物好きな野郎ってことで見逃しもしようが、二度までしゃしゃり出たとありゃ、疑うなってのが無理な相談だぁな」

「何と申される!?」

「言いてぇことがあるんなら大番屋で聞くぜ。さ、早いとこ立ちやがれぃ！」

伝法《でんぽう》な口調で告げると同時に、半四郎は手にした十手を振りかざす。

と、そこに大きな影が伸びてきた。

雪駄履きの大足が、じゃりっと河原の砂を踏み締める。

身の丈の高い男であった。左内の傍に立っていても、些《いささ》かも見劣りしない。

紗《しゃ》の羽織を着けた胸板が、分厚い張りを示している。

巨軀《きょく》を支える脚が、また太かった。薄地に織った仙台平の袴越しにも、逞しい腿の張りが見て取れる。まさに偉丈夫《いじょうふ》と呼ぶにふさわしい威容であった。

「山田様……」

「これは何事か、桑野殿」

絶句する半四郎に、巨漢は訥々《とつとつ》と語りかける。

えらの張った厳つい造作の中で、両の瞳だけはつぶらで愛らしい。しかし目の前の同心に向けられた表情は、にこりともしていなかった。

「何故かは存ぜぬが、こちらの御仁が検屍の手際は見事の一言。自らが手を下せし者の亡骸を前にして、かくも落ち着き払ってはいられまい。違うかな」

「お、仰せの通りで」

「されば無体は止めることじゃ。こちらの御仁には拙者《せっしゃ》から釘《くぎ》を刺しておく故、亡骸を身内の者に疾《と》く引き合わせるがよろしかろう」

「へ、へいっ」

半四郎は恐縮した様子で頭を下げるや、あたふたと皆に下知《げち》した。

「引き上げるぞ！　とっととしやがれい!!」

居並ぶ小者たちが慌てて戸板を担ぎ上げる。

去り行く一行を無言で見送り、男は左内に向き直った。

「災難にござったな、貴公」

「忝のう存じます」

「何の。こちらこそ、貴公が慧眼《けいがん》に感服仕った次第ぞ」

山田朝右衛門吉睦《あさえもんよしむね》、三十八歳。

明和《めいわ》四年（一七六七）に生まれた、山田家の現当主である。類い希《まれ》な試刀術の手練としてのみならず、刀剣の鑑定においても識者とされる傑物であった。

六

暫時の後、左内と吉睦は神田川の畔《ほとり》に肩を並べて立っていた。

「貴公が剣名は常々耳にしており申した。子ども相手の道場を営まれ、その実は前田様が御家中でも指折りの遣い手とか……」

「とんでもござらぬ」

左内は慇懃に頭を振った。

敬意を払っているのは、窮地を救ってもらったからだけではない。

山田家の当主が代々拝命している御様御用は、単に罪人の首を打つだけの役目とは違う。将軍家の所蔵する名刀群の切れ味を実地に検分する、名誉の職なのだ。身分の上では一介の浪人であるが、その権威は計り知れないものであった。なればこそ余人に対しては傲慢《ごうまん》きわまりない桑野半四郎も数言を告げられただけで恐れ入り、尻に帆を掛けて退散したのである。

「して、日比野殿」

吉睦は、おもむろに向き直った。

「前田様の御家中には生き胴試しの技を能《よ》く遣う方が多いそうだが、真実《まこと》かな」

「それが如何されましたか」

「いや、念を押したまでのこと……」

「左様ですか」

胸の内に募る動揺を抑えつつ、左内は続けて言った。

「畏れながら、様剣術で山田様に及ぶ者など多くは居りますまい。こたびの辻斬りに拮抗《きっこう》し得る剣客は日《ひ》の本《もと》広しといえども、貴殿を措いて他にはいないことかと」

「如何であろうな」

一言つぶやき、吉睦は川面に視線を戻す。

白鷺《しらさぎ》が一羽、水際をひょこひょこ歩きながら餌《えさ》を採っている。その向こうを荷船がのんびりと行き過ぎていくのが見えた。

「聞いてくれるか、日比野殿」

吉睦は淡々と話を切り出した。

「貴公も知ってのことではござろうが、生き胴試しと申しても道統《どうとう》は異なる。拙者は中川《なかがわ》流の師を得て研鑽《けんさん》を重ねて参った」

「伝え聞いておりまする」

左内は厳かに頷き返す。

様剣術は戦国乱世に創始された中川流に端を発し、山野《やまの》流と宇津木《うつき》流に分かれた後にも幾多の流派が誕生している。元禄《げんろく》の世に山田家で最初に首斬り役を拝命した浅右衛門貞武《さだたけ》は山野流と中川流の遣い手であり、実子の吉時《よしとき》に家督を継がせてからも両派から優れた指導者を招聘《しょうへい》し、一門の強化に努めてきたという。

吉睦は初めての養子として五代目の首斬り役を継いだ身である。

二代目の吉時から首斬り役と御様御用を兼任するようになった山田家の当主に迎えられたのは、古伝の中川流を修めた手練なればこそのことだった。

そして彼の前にもう一人、源蔵《げんぞう》という養子が存在した。

先に山田家へ養子入りした、吉睦にとっては義兄に当たる人物だ。技倆が劣るため家督を継ぐには至らず、義弟の後塵《こうじん》を拝する山田一門のひとりとして御様御用首斬り役を手伝う立場に甘んじていたのである。

その山田源蔵が最近、胡乱《うろん》な行動を取っているという。

「もう十日、屋敷に戻っておらぬ……」

夜な夜な出歩いて屋敷に寄りつかずにいるのは、未だ独り身とはいえ解せないことと言えよう。しかも吉睦が渡す扶持《ふち》以上に金回りが良く、諸方で派手に散財しているとのことだった。

　このままでは、源蔵が生き胴試しの下手人と決め付けられてしまいかねない。義兄の潔白を証明したいと願えばこそ、吉睦は自ら探索に乗り出したのだ。

　しかし、かかる思いやりも無為になりつつあるらしい。

「貴公が見極めし通り、生き胴試しを働きし慮外者は二人組に相違あるまい。一人は前田様が御家中に伝来せし三段切りを能く遣い、今一人は我が一門が得手とする生き胴に慣れておる。これは如何なる仕儀なのか、貴公にはお判りか」

「山田様……」

　左内は、静かな口調で問いかけた。

「もしも源蔵殿が凶刃を振るうておられたならば、何とされますか？」

「是非もあるまい。この手にて引導を渡すまでぞ」

　左内の問いかけに、吉睦は毅然と答えていた。たとえ義理の兄者であっても悪しき行いに手を染めていたならば斬る。決意を込めて、そう言っているのだ。

「ご存念、しかと承りました」

　答える左内も、吉睦の本音を明かされたことで腹を括《くく》っていた。

とはいえ、彼のように身内を処断しようという決意を固めたわけではない。

ぎりぎりまで兄のことを、その身の潔白を信じたい。

心の底から、そう願っていたのであった。


同時刻——。

柳橋から大川に沿って下流へ歩くこと半刻ばかり、深川《ふかがわ》は仲町《なかまち》の岡場所では浪人体の武士が二人揃っての流連《いつづけ》を決め込んでいた。

吉原遊廓《よしわらゆうかく》の格子店よりも敷居は低いが、幾日も逗留《とうりゆう》すれば掛かりも少なからぬ額に及ぶ。まして家名を伏せていれば、後金《あとがね》にしたいという言い訳など通用しない。

「払うて参ったぞ。これでもう二日は太平楽を決め込んでおられようぞ」

小座敷の襖を引き開けて、一人の武士が入ってきた。

身の丈は五尺五寸ばかり。並よりもやや高めといったところであるが、袖を捲った帷子《かたびら》から覗いている腕は太く、剛毛の生えた脚もがっちりとしていた。

総髪にした髷が脂じみている。彫りの深い顔は両の頬がこけていて、頑健な体軀でありながら不健康そうな雰囲気を四方に発散していた。

「あの女が櫛、思うたよりも良い値になったわ。行きがけの駄賃に抜いてきて当たりだったのう」

語りかけた相手は下帯一本に半襦袢《はんじゅばん》を羽織っただけの姿で黙然と膝を抱え、窓外を眺めやっている。細身ながら、全身がしなやかな筋肉に覆われていた。

連れの武士と違って、涼しげな風貌であった。同様に月代を伸ばしていても、前髪がさらさらとしていて清潔感を感じさせる。目鼻立ちもきりっとしており、身なりを整えさえすれば、さぞ凛々《りり》しい武者ぶりになることだろう。

「何としたのじゃ？　銭が入ったと申すに、嬉しゅうはないのか」

気色ばむ武士に対し、気のない様子で視線を返す。

「……左様か。雑作《ぞうさ》をかけたの、山田氏」

億劫そうに腰を上げ、膳の上から酒器を取る。燗冷《かんざ》ましを注ぎ口から直に流し込む様も、見るからに自堕落なものだった。

「ふん、面白くもない」

ぼやきつつ、山田と呼ばれた武士は提げた差料《さしりょう》を床の間に放り出す。

本来であれば帳場に預けておかなくてはならないはずだが、無理無体に部屋にまで持ち込んでいるらしい。黒鞘《くろさや》の地味な定寸刀ながら柄の巻糸がつやつやとした、重厚そうな一振りであった。

武士の名は山田源蔵。御様御用首切り役の山田家に一度は養嗣子として迎えられていながら廃嫡され、今は居候《いそうろう》同然の身に甘んじている男である。

源蔵は遊ぶ金欲しさに、そして山田の家督を永久に継ぐことのできない不満ゆえに
会得した生き胴切りの技倆を生かしての辻斬りを思い立ち、許されざる悪行と承知の
上で凶刃を振るい続けてきた、痴《し》れ者だった。

しかし、単独で事に及べば足が着くのも早い。そこで自分と同じく試刀術の手練を
仲間として、悪しき行いに引きずり込んでいたのだ。

「この深川でおぬしと知り合うたのは、いつだったかのう」

「左様……もう二月《ふたつき》になろうかの」

酒器を膳に戻し、仲間の男は源蔵を見やった。だらしなく振る舞っていても一抹の
気品を感じさせる、凜々しい眼差しであった。

「早いものだなぁ。ま、これより先もよしなに頼むぞ」

「うむ」

頷く男の傍らには、一振りの刀が置かれていた。

洒落《しやれ》た朱塗りの鞘に納められた、ずいぶんと長い差料である。

公儀の御定により、たとえ士分であろうとも刀身が三尺を超える刀を差して出歩く

ことは許されていない。この男の差料は法定ぎりぎりの、二尺九寸五分物の大太刀と見受けられた。

　守谷政秀、三十三歳。

　つい半年前まで加賀藩の禄を食《は》んでいた、国許に在っては中条流の手練と知られた遣い手である。同門の日比野兄弟、とりわけ同い年の博之進とは少年の日々から切磋《せっさ》琢磨《たくま》してきた仲だった縁から亡き日比野鉄蔵に見込まれて稽古を付けられ、三段切りの奥義まで伝授された様剣術の手練であった。

　それが今は岡場所に流連を決め込み、昼日中から安酒を喰らっている。何故の仕儀なのかは判然としないが、感心できることではあるまい。

　しかし当人は平然とした面持ちで、飄々《ひょうひょう》と構えている。

　一方の源蔵も楽しげにしていた。

　ついさっきまで気色ばんでいたのが嘘《うそ》のように、上機嫌で政秀に語りかける。

「して守谷、今宵はどうする？」

「止めておこう」

「構わぬのか？」

「このところ、些か度が過ぎたからの。しばらくは鳴りを潜めようぞ」

房事《ぼうじ》の話をしているわけではないらしい。

源蔵と言葉を交わしながら、政秀は大太刀の鞘を払う。優美な箱乱《はこみだれ》の刃文《はもん》が、開け放ったままの窓から差し込む陽光に浮かび上がった。

金沢城下にその人ありと知られた名工・辻村兼若《つじむらかねわか》の作刀である。

切っ先も伸びやかな長尺の刀身には、ところどころにヒケ疵《きず》——人体を骨ごと切断したときに生じる疵痕が見出された。血脂《ちあぶら》だけは落としてあったが、見紛うことなき生き胴試しの痕跡だった。

「今一度、骨身を断てば研ぎに出さねばなるまい。荒砥《あらと》にて磨きをかけるばかりでは間に合わぬこととなろうぞ……」

「されば、暫し骨休めとするか」

苦笑を引っ込めるや、すっと源蔵は腰を上げる。

廊下に出て行く後ろ姿を尻目に、政秀は愛刀を鞘に納めた。

「おい！　いつまで客を放っておくつもりじゃ！」

階下の帳場へ向かって怒鳴る相方の声を意にも介さず、鞘ぐるみの大太刀を枕許に置いて横たわる。

程なく目当ての女を呼び出した源蔵が昼日中から床入りして乱痴気騒ぎを始めても

二刻ばかり、穏やかな寝息が止むことはなかった。

七

「……済んだのか」

「うむ」

目を覚ました政秀の呼びかけに、源蔵は野太い声で答えた。

女は事が済むと同時に床を抜け出した後である。流連していても敵娼《あいかた》は一向に源蔵には気を許さず、そそくさと去るのが常だった。

そして政秀はといえば女を呼ばず、酒を喰らっては寝てばかりいる。起き出すのは二人で連れ立ち、生き胴試しに赴くときだけであった。

ところが、今日はいつもと気分が違うらしい。

敷きっぱなしの床から身を起こすや、枕許の乱れ箱に畳んであった小千谷縮と角帯を取ったのだ。

「どうした、守谷？」

「ちと出かけて参る」

「されど、斯様な長物を帯びておっては人目に付くぞ？」

下帯を緩めたままの格好で、源蔵は不安げに言った。

その視線は、政秀が提げた大太刀に向けられている。二日と空けずに生き胴試しの凶行を繰り返していながら、何とも気弱なものである。

しかし、政秀は一向に意に介さない。

「風に吹かれてくるだけのこと。ご案じ召されるな」

「ふん、ならば好きにせい」

身繕いをしながら源蔵は吐き捨てる。強面《こわもて》のようでいて、自分より遥《はる》かに腕の立つ政秀に対しては強く出られないのだ。

「では御免」

一言告げ置くと、政秀は廊下に出た。

階段を降り立ったところに、源蔵の敵娼が目敏《めざと》く寄ってきた。

「あら、旦那！」

風呂を浴びてきたらしく、顔がつるりとしている。源蔵の相手をしているときには見せない、満面の笑みを浮かべていた。

「だんびらなんぞぶら下げて、どちらへお出かけなんですよぅ」

甘ったるい声で呼びかけられても答えることなく、廊下を抜けて土間に立つ。端整な横顔に微《かす》かな憂いの色を浮かべ、政秀は暖簾《のれん》を割った。

店の勘定を溜めていれば、一歩も表には出られぬところであろう。昨夜は源蔵と共に足抜けさながらに密かに抜け出し、凶刃を振るって来たのだ。

これまで六件に及んだ生き胴試しもすべて、この手の曖昧宿《あいまいやど》に長逗留を決め込んだ上で為してきたことであった。

兵法修行の一環として会得した隠形《おんぎょう》の術を以《もっ》て気配を殺し、足音を忍ばせて行動すれば容易《たやす》い話である。店のあるじも女たちも、まさか自分たち二人組が市中を騒がす辻斬りとは夢にも思ってはいるまい。当の政秀と源蔵さえ口をつぐんでいれば決して露見せぬ犯行だった。

着流しに大太刀を一本差しにした政秀は富岡《とみがおか》八幡宮の大鳥居に背を向けて、永代橋《えいたい》へ向かって黙然と歩を進めてゆく。

涼しげな小千谷縮の裾が川風にそよぎ、引き締まった脛《はぎ》をちらつかせる。

大川の対岸に出た政秀は飛び交う鷗《かもめ》たちにも視線を向けることなく、川沿いに土手を辿る。新大橋を通過して両国橋の袂に立ったときにはもう、広い川面に紅い夕陽が差していた。

両国広小路の喧噪《けんそう》をよそに、政秀は柳橋を渡っていく。

辿り着いた長屋の木戸の上には、達筆で認められた表札が掛かっていた。

『中条流剣術指南　日比野左内』と――

折しも左内は門弟たちを帰し、井戸端で汗を流していたところであった。

「守谷様？」

「水臭い呼び方をするでない」

驚いた様子で顔を上げた左内に、政秀は苦笑する。

「国許に居った頃のように、政兄《まさにい》と呼んでくれれば良い」

「はい」

照れ臭そうに微笑んだ左内に応じて、ちらりと政秀は白い歯を覗かせる。昔と些かも変わらぬ、人懐っこい笑みだった。

左内にとっては一年半ぶりの再会である。

自分が金沢城下を離れた直後、政秀が致仕《ちし》したということだけは噂に聞いていたが何故に禄を離れたのかまでは知り得ていなかった。

守谷家は俵取りの下士とはいえ、馬廻《うままわり》組を代々務めている。有事には主君の親衛隊として働く、武芸に優れた者が選ばれる名誉の役職であった。

知勇兼備の俊英として家中でも誉れの高かった政秀が、どうして浪々の身になってしまったのか、永らく気になっていた左内である。

しかし、いざ当人を前にすると問い質《ただ》しにくい。

そんな左内の胸の内を察したのかの如く、政秀は告げてきた。

「道場を構えたと聞いておったが、なかなか盛況のようだの」

「お判りになりますのか、政兄さん？」

「それだけ道着を濡らしていれば、弟子の数は両手に余ることだろう。そこな木戸番が申していたが、子どもばかり集めて稽古を付けておるそうだな」

「おかげさまで……忙しゅうさせていただいておりまする」

「良きことじゃ」

面映《おもは》ゆげな左内の答えに、政秀はにこやかに頬を緩めた。

「して、今日はもう終ったのか」

「はい」

「されば重畳。着替えを済ませたら、ちと付き合え」

と、政秀は酒杯を傾けるしぐさを示す。

先程まで滲《にじ》ませていた憂いの色は、もはや何処にも見当たらなかった。

左内が政秀を案内したのは、向柳原の町人地の一画に在る煮売り酒屋だった。手頃な値で酒食を供してくれる、独り身の男たちで賑わう類の店だ。

土間には粗末な卓と、腰掛け代わりの空樽《あきだる》が幾つも置かれている。店内は程よく混み合っており、浪人体の二人連れが入ってきたのを不審がる者は誰もいなかった。

隅の卓に席を決め、二人は燗酒と簡単な肴《さかな》を頼んだ。

「ここは私にお任せくだされ」

左内は席を立ち、板場から酒器と小鉢を手ずから運んでくる。この手の店では酌婦を置かず、客はめいめいに頼んだ品を受け取ってくるのが決まりであった。

「ささ、ぐっと干せい」

「いただきまする」

左内は謹《つつし》んで杯を受けた。

こうして酒を酌み交わすのも久方ぶりのことである。

父の鉄蔵が変死を遂げる以前には、実兄の博之進を交えた三人で折に触れて城下町へ繰り出し、同じような店で歓を尽くしたものだった。

「懐かしゅうございまするな、兄さん」

「左様……」

政秀も感慨深げな面持ちになっていた。端整な顔に終始笑みを浮かべ、焼き豆腐の煮物を口に運びつつ酒杯を舐めている。

つまみなしの空《から》っ酒を避けて必ず肴を摂りながら飲み、あれば事前に干し柿を食うのが悪酔いをせぬ秘訣《ひけつ》だと元服したての頃に教えてくれたのも、この政秀であった。

面倒見が良かったのは、左内に対してだけではない。同門の弟子たちは皆、道場でこそ政秀が得意とした大太刀で散々に鍛えられていたが、稽古を終えて表へ出れば気前よく甘味や飯を奢《おご》ってくれた。上士の子であっても厳格な父親からは小遣いなど碌《ろく》に貰《もら》えずにいた日比野兄弟も、しばしば恩恵に預かったものだ。

こればかりの酒肴を馳走したところで、とても返せる恩ではあるまい。

しかし今日はまた何故に、突然訪ねてきたのだろうか。

政秀曰《いわ》く、左内が向柳原に道場を構えているのは藩邸で聞いたという。

武士は直参《じきさん》であれ陪臣《ばいしん》であれ、たとえ禄を離れたとしても余程の理由がない限りは再び主家の敷居を跨《また》ぐことが許されぬわけではない。仇討ちのため国許を離れた左内の行方を知ろうとして本郷《ほんごう》の加賀藩上屋敷を訪問したとしても、何ら不審なことではないだろう。

だが、それは不破三蔵が口にした内容と矛盾している。

守谷政秀は御家を追われた身。しかと、そう断じていたからだ。

左内は、政秀が追放された理由を知らない。

こうして面と向かっていても、問いかけるのは躊躇《ためら》われることだった。

「何としたのだ？」

「い、いえ」

左内の両頬は強張っている。

幼い頃より兄にも等しい存在として慕ってきた政秀に対して図らずも覚えた疑念を隠すのに、ただただ懸命になっていたのであった。

「そう硬うなるでない」

政秀は、ふっと笑った。

「俺が何故に江戸で浪々の身となっておるのか、気になるのであろう？」

「は……」

「幼き頃より、おぬしは隠し事が下手だったからのう」

「面目次第もありませぬ」

「それで良いのだ。なればこそ、俺も包み隠さずに話ができる……」

微笑みつつ、政秀は杯の酒を一息に空けた。

「政兄？」

「聞いてくれるか、左内」

空の杯を卓に戻し、政秀は淡々と語り始めた。

「おぬしは与《あずか》り知らぬことであろうがの、左内。俺は日比野の殿様……おぬしと博之進が父上に様剣術を習うておった」

「え」

「事有るときに備えて身に付けておけば、たとえ下士の身であろうとも御家のために必ずや役立てよう。そう殿様に説かれての」

「左様であったのですか……」

「おかげで手は上がったよ。自ら申すのも何だが、博之進よりも……な」

左内の酌を受けながら、政秀は薄く笑う。

一向に自慢めいた言葉に聞こえないのは人徳と言うよりも、口にしているのが事実に他ならないからだった。

政秀は中条流の道場でも日比野兄弟が足元に及ばぬほどの手練だった。藩校の教練で竹刀を以て試合《しあ》っても、一本取るのがやっとだったほどである。むろん真剣で立ち合ったことはなかったが、恐らくは勝負にならないことであろう。

それにしても何故、唐突に斯様な告白をするのか――

理由は、政秀自身の口から明かされた。

「しかしな、なまじ知らぬほうが幸せということもあるのだ」

「と、申されますと？」

「上意討ちと言えば聞こえは良いが、要は罪状の大小を問わず、御上（藩主）が意に染まぬ者を闇に葬るための仕置きよ。とても名誉とは言えぬ」

「…………」

「すべては来し方のことじゃ」

驚いた様子の左内にさばさばとした口調で告げながら、政秀は酒器を取った。

「さ」

「いただきまする」

努めて笑みを浮かべ、左内は杯を差し出す。

「更に尽くせ一杯の酒……むかし、手習いの宗匠から習った頃が懐かしいの」

酌をしてくれる政秀の笑顔は国許に在った往時と何ら変わらぬ、どこまでも明るいものである。

しかし、涼しい目の奥に隠しようのない翳《かげ》りが差している。

「政兄……」

左内は満たしてもらった杯を手にしたまま、怪訝そうに政秀を見返す。

と、その耳朶を静かな一言が打った。

「刀取る身とは、げに罪深きものよな、左内……おぬしは俺のように、ゆめゆめ道を誤ってはならぬぞ」

「は」

「すべては来し方よ。さ、もっと呑めい」

からりと微笑み返し、政秀は酒器に手を伸ばす。

双眸の翳りは、いつの間にか消えていた。

八

「また会おうぞ」

去り際にそう告げて、政秀は何処かへ帰っていった。

柳橋の袂《たもと》に立った左内は、無言で兄弟子を見送る。

胸の内は疑念で一杯である。

果たして政秀は、自分に何を告げたかったのだろうか——

(政兄……)

煩悶《はんもん》する左内の背に、おもむろに声をかけてくる者がいた。

「あの御仁は何者か、日比野殿」

「山田様!?」

そこに立っていたのは山田朝右衛門吉睦だった。

「貴公とは如何なる拘わりなのか、疾く答えてもらおう」

「く、郷里《くに》の朋輩にございます……」

有無を言わせぬ問いかけに、左内はぎこちなく答えていた。語尾が震えているのが自分でも良く判る。

もとより、それと気付かぬ吉睦ではない。

「ただの友人ではあるまい。貴公が同門の、兄弟子といったところであろう」

「はい」

努めて平静を装いつつ、左内は答える。

「政兄さん……いえ、守谷様は国許にて共に中条流の技を磨いて参った間柄にございまする。一別以来、久方ぶりにお目にかかりましたる次第」

「あの大太刀が得物か？」

「さ、左様にござる」

「成《な》る程《ほど》、符丁《ふちよう》が合うの」

吉睦は得心した様子で頷いた。

一体、何を言い出すつもりなのだろうか。

戸惑うばかりの左内に、吉睦は続けて言った。

「拙者はかねてより源蔵……いや、義兄の行き方を探っておった。その答えが、先程出たところでの。急ぎ知らせに参ったという次第よ」

「源蔵殿が……」

「深川は仲町の岡場所だ。遊客の間では流連と申すそうだが、長逗留をしておるとの由……あの守谷氏と共にな」

「ま、真実《まこと》にございますか」

「偽りは申さぬ。心して聞いてもらおうか」

吉睦は淡々と言葉を続けた。

「拙者は今し方、あれが眠りこけておる間に刀を改めて参った。密かに店の女に持ち出させての」

「…………」

「ヒケ疵も甚《はなは》だしき、紛れもなく生き胴試しに供されし一振りであったよ。恐らくは守谷氏の差料も同じであろう」

「お、お言葉が過ぎましょうぞ！」

左内はきっと視線を上げる。酔いも一気に覚めていた。

政秀は源蔵と手を組む生き胴試しの下手人。そう断じられたのだ。左内が激昂《げっこう》したのも無理はあるまい。

たしかに吉睦が言う通り、符丁はぴったり合っている。

太刀筋の似て非なる様剣術の手練が二人揃って人目を忍び、人体を骨まで斬割《ざんかつ》した痕跡を残した刀を所持していたとなれば、疑う余地はあるまい。

だが、それは左内にとっては到底、認めたくない話であった。

「改めてくだされ、山田様っ」

左内は我を忘れて詰め寄る。川端を行き交う芸者衆が驚いた様子で避けていくのも気付いていなかった。

「何かの間違いでありましょう！　お答えを！」

しかし、吉睦は些かも動じない。

「もとより来し方までは存ぜぬが、今の守谷氏は貴公と違う。あの背中は邪《よこしま》なる剣気に満ちておる」

「邪な……剣気……」

二人の視線の向こうでは、政秀が柳橋を渡り切ったところだった。

吉睦の言葉を信じれば、これから両国橋を越えて大川伝いに下流へ向かい、深川の曖昧宿へ戻るのだろう。生き胴試しの下手人として――

左内は平静を保てなくなっていた。

「何故に震えておるのだ？」

「い、いえ」

「付いて参れ、日比野殿」

変わらぬ口調で告げると、吉睦は踵を返す。

左内は言葉を失ったまま、その後に付いていくより他に為す術を知らなかった。

小半刻の後、二人は岡場所の路地に立っていた。

色町の喧噪も、半ば茫然《ぼうぜん》としたままの若者の耳には遠いものでしかない。

「大儀」

見張りに立っていた編笠《あみがさ》の武士に、吉睦は声を低めて呼びかける。

武士は黙って頷き返すや、速やかに立ち去った。

「さ」

吉睦に誘われ、左内は曖昧宿の裏に廻る。

宿の者に、かねてより金を摑ませてあるらしい。

「こっちですよぅ」

けばけばしい化粧をした女が、そっと手招きをした。

二人は階段の下に身を潜め、耳を澄ます。

暫し待っているうちに、苛立った声が聞こえてきた。

「……おのれ、吉睦めが！」

「何としたのだ、山田氏」

答えた声は紛うことなき、守谷政秀のものだった。

一方の声の主——山田源蔵は憚《はばか》ることなく怒鳴り散らしている。

「ふざけおって！　山田の家の者として恥を知るならば自害せよとは、よくぞ言ってのけたものよ!!」

「落ち着かれよ」

政秀は淡々と説き聞かせていた。

「ここで激しておっても始まるまいぞ。やむなき仕儀なれば、あちらの出方に応じるが肝要であろう。違うかな」

「ふん……かくなる上は決着を付けてやるわ！　望むところよ!!」

源蔵は苛立たしげに喚いている。

その暴言の数々を、階下の吉睦は黙ったまま聞いていた。

傍らの左内は、じっと唇を嚙み締めている。兄にも等しいと想っていた政秀が悪事の片棒を担いでいたことを、今や認めざるを得ないと思い至っていた。

九

その日、弟子たちに稽古を付け終えた左内は速やかに着替えを済ませた。

装いこそ常と変わらぬ小千谷縮に夏袴だが、差料と履物は見慣れぬものだった。

土間には足半《あしなか》が用意されている。

書いて字の如く、足裏の前半分だけ履く形で編み上げられた草履は乱世の合戦場《かっせんば》で徒歩武者《かちむしゃ》が用いた、白兵戦《はくへいせん》で軽快に立ち回るための備えである。

そして刀架の裏から取ったのは、三尺一寸物の大太刀だった。

いつも外出するときに差している定寸の中太刀に替えて、長大な一振りのみを左腰に落とし込む。袴紐で鞘の下部を支えるようにして、閂《かんぬき》（並行）に帯びることも忘れなかった。

身支度を終えた左内は、黙然と長屋の路地を抜けていく。

凛とした双眸に、静かな決意の色が差していた。

着いた先の屋敷では、山田朝右衛門吉睦が支度を終えて待っていた。

「試してみよ」

「はい」

頷くや、左内はおもむろに鯉口《こいぐち》を切った。

長尺の刀身が、沈みゆく夕陽を照り返す。

刹那、庭に立てた巻藁が一太刀の下に断たれた。

よくよく見れば、巻藁は固定されていない。竹を芯にして藁を巻いたのをそのまま石畳の上に立てた状態で、左内は上半分を斬り飛ばしたのである。それは亡き父から伝授された生き胴試しの一手『放し斬』であった。

「さすがだの」

淡々と告げる吉睦を耳にしながら、左内は納刀していく。十分に鞘を引いて一挙動で刀身を納める、無駄のない所作だった。

「三段切りは為し得ずとも、この放し斬を以てすれば抗し得よう」

「は」

頷き返しながらも、左内の胸中は複雑だった。

政秀は兄の親友である。左内のことを幼い頃から可愛がってくれていた。もう一人の兄にも等しいと想っていた人物なのだ。政秀を斬るのは、兄を手に掛けるのと同じなのである。対決に及ぶのが辛いのも当然であった。

「情けは無用ぞ、日比野殿」

そんな胸中を見透かしたかの如く、吉睦は厳しい口調で告げる。

「刀取る身として恥ずべき所業に及びし上は、たとえ身内であろうとも容赦はできぬものと心得られよ」

「山田様……」

「逃げてはなるまいぞ。むしろ親しき間柄なればこそ、しかと引導を渡してやらねばならぬのだ」

己自身に対しても、そう言い聞かせているらしい。

「……承知仕りました」

吉睦の決意の程を感じ取り、左内は政秀との対決を改めて心に決めたのだった。

今日は五月二十八日、川開きの夜である。五月も末となれば、いよいよ梅雨明けも目前だった。

夜空に火の花が咲く。いよいよ打ち上げが始まったのだ。

「玉屋ぁ！」

「鍵屋ー!!」

人々が集まっていたのは橋の上だけではない。見れば、広い大川じゅうを船が埋め尽くしている。川開きで解禁となった納涼船をこぞって繰り出し、花火見物に興じているのだ。

大川端に二つの影が浮かび上がる。

日比野左内。

山田朝右衛門吉睦。

二人揃っての出陣だった。

左内と吉睦は、肩を並べて歩を進めてゆく。

花火が夜通し打ち上げられていれば、自ずと表も明るい。

今日ばかりは生き胴試しの辻斬りが出没することも有るまいと安心したのか、人手は例年と変わらず多かった。

土手の暗がりに、二人の武士が立っていた。追い散らしたのか、見物人らしき者の姿は周囲には見当たらない。

「来たか」

呼ばわる山田源蔵の後方には、守谷政秀が無言で立っていた。

「あれこれ嗅ぎ回りおって。義理とは申せ、よくも兄を虚仮《こけ》にしてくれたのう」

源蔵は片頬に微笑を浮かべていた。

しかし目は笑っておらず、冷たい光を放つばかりである。

「政兄さん……」

絶句する左内を脇へ押しやり、ずいっと吉睦が前に出る。

「これまでぞ、兄者」

「ふん」

源蔵はふてぶてしく鼻を鳴らす。もはや土壇場に立たされていながら、まったく悪びれた様子はない。

一歩前に出るや、源蔵は続けて言った。

「そも、儂のことを心から兄と呼んでおる積もりなのか？」

「長幼の序は当然にござろう。されど、山田の当主は拙者にござる」

「その物言いが鼻につくのだ。この儂がいつまでも大人しゅう、うぬの後塵を拝しておるとでも思うたのか？」

「拝させていたつもりはない。さもなくば門下の皆に示しが付かぬと判じればこそのことと承知してもらわねば、家は保ち得ぬ」

吉睦は毅然と答えていた。

しかし、嫉妬《しっと》に狂った輩に正論など通じるはずはない。

「やはり話にはならぬのう」

鼻で笑った刹那、源蔵の面相は凶悪なものに一変した。

「積年の恨みを晴らしてくれるわ。来い！」

告げると同時に、鯉口が切られた。

次の瞬間、闇を裂いて重たい金属音が上がる。

源蔵の抜き打った凶刃を、吉睦は逆袈裟の抜刀で払ったのだ。

「うぬっ」

呻《うめ》きつつ、源蔵は後方へ飛び退《すさ》る。

一方の政秀と左内も刀を鞘走らせていた。

二対二の対決の幕が上がったのだ。

「む！」

左内はとっさに一歩退く。鋭い刃風だった。もう一分も見切りが甘ければ、肌身に達していたことだろう。

辛うじて踏みとどまった刹那、左内の上体が揺らぐ。

「ううっ!?」

斬られたわけではない。政秀が刀に宿した闘気をまともに浴びせられ、体の内面に衝撃を受けていたのだ。

（これが修行の差なのか……）

されど、臆してはいられない。このまま気後れすれば追い込まれ、敵刃を凌《しの》ぐことができなくなる。気迫負けは即、死に繋がる。

左内は辛うじて踏みとどまり、中段の構えを取った。

「まだ参るのか」

淡々と問うてくる政秀に向かって、左内は無言のまま一歩踏み出す。

対する政秀は退こうともしなかった。

二人の間合いが、じりじりと詰まっていく。

大太刀同士の立ち合いとなれば、両者に刃長の上での差は無い。

刀勢を込めた剣尖を、どちらが先に対手《あいて》へ届かせることができるのか——。明暗の分かれ目となるのは、その一点のみであった。

合わせた目と目が互いの決意を確かめ合う。

刹那、肉と骨を断つ音が響き渡った。

倒れ込む政秀の頭上に、大きな花火が打ち上がる。勝負は一瞬の静寂と暗がりの中で決していたのであった。

「強うなったなぁ、左内……おぬしに引導を渡して貰うて、本望ぞ」

仰向けになったまま、政秀は荒い息を吐く。その表情は晴れやかだった。

「政兄……」

血刀を提げたまま、左内は力なくつぶやいた。

と、その耳に信じ難い一声が届く。

「伏せておって、相済まぬ……おぬしが兄者は……江戸に居るぞ」

「え!?」

思わず躙《にじ》り寄る左内に、政秀は続けて言った。

「博之進は潔白じゃ。おぬしらが父御を手にかけし者は、他に……おる……」

「……ゆめゆめ、儂のように短慮を起こす者ではない……」

「し、信じてやれい」

それが最期の一言だった。

「政兄さん……」

血刀を提げたまま、左内は凍り付いていた。

外道に堕ちたとはいえ、政秀は兄の博之進にとっては無二の親友だった。その政秀が兄の無実を信じろと言ってくれたとなれば、弟として無視することはできるまい。

だが、誠に信用して良いのだろうか——？

顔色を青くしたまま面を上げられずにいる左内の耳朶を、重たい声が打った。

「しっかりせい、日比野殿」

吉睦は重々しく、かつ真摯《しんし》に告げてきた。その足元には、袈裟がけの一刀を浴びた源蔵が物言わぬ骸《むくろ》と化して転がっている。吉睦も瞬時に勝負を付けていたのだった。

「死を目の前にして偽りを申す者などはおらぬ。この御仁が申されし言の葉を信じて動けば、何を為すべきかも自ずと見えて参るのではないかな。貴公は立ち止まってはおられぬ身ぞ。ゆめゆめ、それを忘れるでない」

「は……」

心を込めた助言に、左内は頷く。

川開きの花火は間を置くことなく上がっている。照らされる横顔に、いつしか生気が戻ってきていた。

「されば、御免」

歩き去る後ろ姿を見送りながら、左内は表情を曇らせずにはいられなかった。

義理とはいえ、兄を己が手で討ち果たした男の苦悩は他人事ではない。そして左内もまた、いつの日にか兄と対決しなくてはならない身なのだ。

十

翌朝、日比野左内は本郷の加賀藩上屋敷を訪れていた。

「大儀であったの」

「は」

労う不破三蔵に、左内は淡々と頭を下げる。

生き胴試しの真の下手人が守谷政秀だったことを報じても、不破はさしたる驚きを示しはしなかった。

「ささ、遠慮のう納めるがよかろうぞ」

袱紗《ふくさ》の上には小判が五枚載っていた。自腹を切っているのだろうが、御家の危機を救ってくれた者への褒美《ほうび》にしては、いかにも少ない。

しかし、左内の面には何の感情も顕《あらわ》れてはいなかった。ただ一言、袱紗を押し返しながら毅然と答えたのみであった。

「お受けするわけには参りません。暮らしに窮してはおりませぬ故」

「されど……」

不破は当惑を隠せぬ様子である。

何を言わんとしているのかは察しが付いている。致仕した後とはいえ、家中の士が不祥事を起こしたことを左内の口から漏らされては困るのだ。

もとより、一言とて口外するつもりはない。苦悩の末に己が死を望んだ年上の朋友への鎮魂の意が、左内にそう心を決めさせていた。

「納めてくれ、な？」

「謹んでお断りいたしまする」

謹厳な面持ちで固辞した後、左内は続けて言上《ごんじよう》する。

「されば不破様、ひとつだけお願い申し上げてもよろしいですか」

「な、何じゃ」

「兄の行き方が知れました暁《あかつき》には、疾くお知らせいただきとう存じます」

「日比野……」

不破が困惑を募らせたのも無理はなかった。

仇討ちとは本来、殺害された家長の恥を親族が独力で雪《そそ》ぐことにより、家名と家禄を安堵してもらうことだからだ。

たとえ上士の子といえども例外が認められぬのを承知の上で左内が助勢を依頼したのは、相手が決して断れはしないと踏んでのことだった。

もしも自分が事を口外すれば、加賀百万石に傷が付く。黙って言うことを聞くより他に選ぶ道はないのである。

「よ、良いのか？」

躊躇いながらも、問いかけてくる口調には精一杯の威厳が込められていた。むろん虚勢を張っているにすぎない。

「はい」

左内は凜とした目で見返す。

「されど、おぬしは兄を……」

進んで討ちたいはずではない。そう言おうとしたのだろう。しかし、左内は皆まで口の端に上させはしなかった。

「もとより、討たねばならぬ対手と承知しておりまする」

それは不退転の決意表明でもあった。

左内は実の兄にも等しく想う、守谷政秀を手にかけた。

そして次は、血を分けた兄と対決しなくてはならない。

加賀藩邸の力を借りれば、行方を突き止めるのも容易くなるだろう。それだけ対決の時も早まるのは目に見えている。それと承知の上で左内が報酬代わりの探索を頼み込んだのは、もう逃げてはならないと自覚したからに他ならなかった。

政秀の最期の言葉を信じるならば、兄は無実なのかもしれない。

だとしても、当人に直《じか》に問いつめてみた上でなくては潔白は証明できるまい。左内はどうあっても対面し、真相を問い質そうと心に決めていた。

もしも兄が無実ならば、何人に阻まれようとも守り抜こう。

されど、真実に仇だったときは余人の手に掛けさせることなく、迷いを捨てて討ち果たそう。さもなくば、成仏させることは叶うまい。

あの政秀と同様に、この手で引導を渡すのが心安らかに往生させてやることになるのであれば、臆せず刀を振るおうではないか。

覚悟を決めた左内の横顔に、もはや憂いの色は無い。

「お願いできまするか、ご家老」

「あ、相判った」

もとより、断れるはずもない。

確たる答えさえ聞き届ければ、もはや長居は無用であった。

「御免」

「ま、待て」

追いすがろうとする不破に一礼し、左内は踵を返す。

藩邸の上空を燕《つばめ》が飛び去ってゆく。

梅雨は明け、江戸は夏の盛りを迎えようとしていた。

第三話　奇傑からの助言

一

五坪の板の間は、濃い闇《やみ》に包まれている。

日比野道場の中には一本の蠟燭《ろうそく》も点《とも》されてはいなかった。

六月を迎えて梅雨《つゆ》も明け、昼日中はからりとした好天続きだったが、ひとたび夜のとばりが下りれば熱気が立ち籠《こ》めて寝苦しい。

左内は板の間に立ち、黙然と木刀を振っている。

びゅっ、びゅっと空気を斬《き》る音が絶えることなく続いていた。

寝苦しさに耐えかねて床から抜け出し、素振りに励んでいるのだろうか。

しかし、それにしては顔付きが険しすぎた。

端正な顔は焦《あせ》りに満ち、両の頬《ほお》が強張《こわば》っている。いつもは凛《りん》としていて涼しい双眸《そうぼう》も吊《つ》り上がっており、鬼気迫る表情となっていた。

その足さばきも、弟子たちに手本として示すのとは別物だった。

足の裏を両方とも床板に着け、左足を撞木《しゅもく》にして後方に踏み締めている。戦国乱世の徒歩武者《かちむしゃ》が行使した、人を斬る剣の構えである。

突くときにも、ふつうの諸手《もろて》では柄《つか》を握らない。刃に当たる部分を上に向け、両の手首を交差させて木刀を抱くようにしている。

左内は腰を低く落とし、ずんと虚空へ向かって木刀を繰り出す。

後の世の剣道のように、きれいに形の決まった突きとは明らかに違う。

それは合戦場《かっせんば》で敵武者と相対したとき、甲冑《かっちゅう》の隙間《すきま》を一撃で刺し貫くのを想定した刀法だった。老若の別を問うことなく健全な心身を養うことに主眼が置かれ、防具を着けて安全性を確保した上で竹刀《しない》を以《もっ》て打ち合う撃剣《げっけん》ではなく、白兵戦《はくへいせん》において敵を薙《な》ぎ倒して首級《しるし》を挙げるための、荒々しい戦技に他ならなかった。

とても子どもたちには見せたくない様《さま》であるが、こうして稽古《けいこ》に血道を上げずにはいられない。

生き胴試しの一件を経て、左内は不安を募らせつつあったのだ。

兄の行方《ゆきかた》は杳《よう》として知れず、手がかりを得ることさえ出来てはいない。

一体、何処《いずこ》にいるのだろうか。何処《どこ》で何をしているのだろうか。

討つ立場の左内が斯《か》くも懊悩《おうのう》している今、兄の博之進とて平静を保ったまま日々を過ごしているとは考え難い。如何《いか》なる理由で手に掛けたとしても、己が生まれ出ずる源たる父親を殺害しておきながら安穏としていられる人間でないことは、弟の左内が一番良く知っていた。

亡き守谷政秀が言い残した通り、この江戸に来ているならば速やかに対面した上で事の真相を問い質《ただ》さなくてはなるまい。

討つか討たぬかは、その上で決めることだ。

ともあれ一刻も早く、真相を明らかにしなくてはなるまい。

だが、兄の博之進は強い。刀槍《とうそう》の技に加えて生き胴吊し切りを、さらには手裏剣術までを会得した、家中でも指折りの手練《てだれ》であった。

いざ向き合ったとき、こちらの問いかけに素直に応じてくれるとは限らない。問答無用で刀を抜かれ、すぐさま対決せざるを得なくなる可能性も高いのだ。

幼い頃から慕ってきた兄を、無為に死なせたくはない。しかし、左内自身も好んで命を落としたくはない。

胸の内に秘めた葛藤《かっとう》と不安は、日毎《ひごと》に募るばかりであった。

蚊帳《かや》を吊った長屋の中で横になっていても一向に眠気を誘われはせず、そのまま夜が明けてしまうこともしばしばである。なればこそ深夜の道場に独り立ち、素振りに励んでから眠ってしまうように心がけてはいるのだが、焦りばかりが先に立つ。

「…………」

左内は汗にまみれた視線を上げた。

無双窓《むそうまど》越しに淡い光が差している。いつの間にか、雲が動いたらしい。

「月か……」

太陽と月の光が届かぬ場所はない。兄もまた、何処に身を潜めていようとも必ずや仰ぎ見ているはずだ。

「ん！」

ふと、左内は気付いた。

（なれば、私も衆目を集める立場となれば良い）

兄の行方は、加賀藩邸の力を借りて調べを進めさせても不明のままである。己が身に危険が迫っているといち早く気付き、密かに江戸から離れてしまったのではないかと思えるほど、手がかりは得られぬままだった。

では、発想を切り替えてみてはどうだろうか。そう左内は思い至ったのだ。

こちらから幾ら追い求めても見つけ出せないならば、あちらから姿を見せるように仕向ければ良い。

そのためには自分の、日比野左内という剣客の存在を世に喧伝《けんでん》し、広く知らしめることが必要となってくる。

元はと言えば道場を構えたのも、兄が自分の所在に気付くきっかけになればと思い立ってのことだった。そして道場開きから一年半が経過した今、このまま一道場主として過ごしていては埒《らち》が明かぬと理解できている。

しかし、剣客として名を売る方法は他にもある。

江戸の剣術界に在っては新参者に過ぎない己が立場を鑑《かんが》み、今までは自重してきた左内だが、いつまでも大人《おとな》しくしているばかりでは衆目を集めるに至るまい。

剣客として注目を集めれば、兄は嫌でも自分の存在を意識せずにはいられぬようになるはずだ。名を売ることを、もはや躊躇《ためら》っていてはならない。

「やってみるか……」

一言つぶやき、左内は木刀を構え直す。

漆黒の闇の中に今再び、鋭い刃音が響き渡り始めた。

刀勢こそ変わらないが、左内の表情には明るさが戻っている。

自分から世に出ていこうと決意したことで、かつてなく高揚の念を覚えていたのであった。

二

素振りを終えた左内は長屋に戻って汗を拭《ふ》き、久方ぶりにぐっすりと眠った。

そして、翌日。

夜明け前に起床して早々に身支度を整えた左内は、速やかに朝餉《あさげ》を済ませた。

夏場には暑さで飯が饐《す》えやすいため、夕餉に余した一合は醬油《しょうゆ》を塗った焼きむすびに仕立ててある。箱膳《はこぜん》の皿に載せて冷ました上で布巾《ふきん》を掛け、蚊帳の中に持ち込んでおいたので鼠《ねずみ》やごきぶりにたかられてはいない。

二つのむすびをきれいに平らげ、これも昨夜の残りの湯冷ましを茶碗《ちゃわん》に注いで一息に飲み干すと、すぐさまお代わりをした。どうやら握り飯を焼くときに、醬油を些《いささ》か多めに塗りすぎていたらしい。

流しに運んだ食器をさっと洗い、手を拭いてから刀架《とうか》の前に座る。

大小の二刀へ手を伸ばす前に漉《す》き返し（再生紙）を一枚取り出し、埃《ほこり》を払うことも忘れなかった。

小脇差《こわきざし》を帯前に差し、定寸刀を右手に提げて土間に向かう。

いつもの雪駄《せった》の代わりに突っかけたのは、鼻緒まで藁《わら》で編まれた冷飯草履《ひやめしぞうり》だ。何も雪駄の裏革が磨り減らぬように倹約しているわけではなく、夏場はこちらのほうが足触りも良くて涼しいからなのである。

路地に立つと、ちょうど木戸が開いたばかりだった。

「こんなに早くからお出かけですかい、先生？」

「うむ。午《ひる》までには戻るよ」

木戸番の親爺《おやじ》に笑顔をひとつ残して、左内は表通りへ出た。

神田川沿いの道を、下流へ――長屋に最寄りの新《あたら》シ橋から浅草橋へと向かって歩を進めてゆく。

朝陽を受けた川面《かわも》の煌《きら》めきに目を細めつつ、浅草御門寄りの平右衛門《へいえもん》町を通過して角を曲がると大路《おおじ》に出る。奥州《おうしゅう》街道だ。茅《かや》町の一丁目と二丁目を抜けて千住《せんじゅ》へと至る奥州街道は浅草寺《せんそうじ》の門前にも繋《つな》がっており、江戸市中においては幹線道路と言うべき役目を果たしていた。

老舗《しにせ》の人形問屋が軒を連ねる商家の前では店々の丁稚《でっち》が箒《ほうき》を遣い、朝の掃除に余念がなかった。どの子も両隣の店の前まで掃き浄め、地面にきちんと箒目を付けておくのを心がけている。

奉公に励む少年たちを微笑《ほほえ》み混じりに見やりつつ、左内は先を行く。

茅町に瓦町《かわらちょう》と町境の木戸を続けざまに通り抜けていくと、前方の堀川に二つの橋が見えてきた。

火災のときの避難に備えて左右一対に架けられた橋は、俗に天王橋《てんのう》とも地獄橋《じごく》とも称されているが、正しくは鳥越橋《とりごえ》と呼ぶ。ちなみに天王橋というのは橋の袂《たもと》の古い町名に因《ちな》んだ俗称であり、地獄橋とは江戸開府当初の正保《しょうほう》二年（一六四五）まで界隈《かいわい》に刑場が在ったことから、引かれていく重罪人にとっては地獄への第一歩だったことが由来と伝えられていた。

往時はどうあれ、文化《ぶんか》元年の今は平穏そのものの町並みが広がっている。

向かって右手の一帯は、公儀の御米蔵を擁する蔵前だ。

諸国の天領から廻船《かいせん》で運ばれてきた米は幕府お抱えの人足である小揚者《こあげもの》が総出で陸揚げし、御蔵奉行配下の役人による検査の後に直参《じきさん》の旗本・御家人に俸禄として年に数回支給されていた。

受け取った禄米は自家消費分を除いては売却対象となり、仲介業者である札差《ふださし》を経て米問屋へ払い下げられる。米どころが飢饉《ききん》に見舞われぬ限りは安価で小売りに出されて、庶民の口に入るという仕組みになっていた。

筋骨逞《たくま》しい人足たちと大八車がひっきりなしに行き交う様を尻目《しりめ》に、左内は御蔵前《おくらまえ》片《かた》町と森田《もりた》町の間に入っていく。

幽霊《ゆうれい》橋と呼ばれる小さな橋を渡れば、そこは元鳥越《もととりごえ》町だ。

「面、面、面！」

「胴っ！」

名刹《めいさつ》の鳥越明神を擁する町の一画から、気合いに満ちた発声と竹刀の打ち合う響きが聞こえてくる。仕舞屋《しもたや》を改装した剣術道場で、集まってきた修行者たちが朝稽古に汗を流しているのだ。

江戸市中では、幾百もの流派の剣客たちが道場を構えている。

道場主といっても誰もが皆、大名や大身旗本の屋敷に出入りを許されて扶持《ふち》を頂戴《ちょうだい》できるような、恵まれた立場だったわけではない。ほとんどの者は武家と町家の別を問わずに門人を集めて指南し、受け取る束脩《そくしゅう》（入門料）と謝礼を生活の糧《かて》としていたのである。

日比野左内が懇意にしているのも、そんな小道場主の一人であった。

塵《ちり》ひとつ無く掃き清められた戸口の前に立ち、からりと障子を引き開ける。

「失礼いたしまする」

訪《おとな》いを入れると、すぐに壮年の男が姿を見せた。

「おお、日比野か！」

長身の左内を見上げつつ、男は親しげに微笑みかけてきた。

目が細く、茫洋《ぼうよう》とした風貌《ふうぼう》の持ち主であった。

身の丈は五尺にも満たないが、体格は筋骨逞しい。胸板が分厚く、四肢もがっちりとしていて筋が太いのでまったく貧弱には見えない。洗い晒《ざら》した藍染《あいぞ》めの道着と綿袴《めんばかま》の上に、使い込まれて黒光りする竹製の胴を着けていた。

「ご無沙汰《ぶさた》しておりました」

「息災で何よりじゃ」

土間に立った左内が一礼するのに、表情も明るく頷《うなず》き返す。

加齢のため目尻や首筋の皺《しわ》こそ目立つものの、日に焼けた肌には張りがある。小兵《こひょう》ながら豪傑めいた、剽悍《ひょうかん》そのものの印象を周囲に与える外見の持ち主だった。

並木《なみき》幹平《みきへい》、五十歳。

ここ元鳥越町の町人地に道場を構える、中条流の剣客である。

加賀藩領の郷士一族の出で、江戸に居着いたのは父の代からのことだという。加賀の実家は伯父《おじ》が継いでいるとのことで、幹平はこの道場を唯一の拠《よ》り所として門弟の指南に励みつつ、年老いた父母の面倒を看て暮らしていた。

同じ流派でも、商売敵《がたき》にはなっていない。子どもばかり集めて指南する日比野道場に対し、こちらに入門してくるのは大人ばかりだからだ。それでも一年半前に左内が道場を構えた当初には、同じ流派を修めた者がすぐ近場で勝手に指南を始めるとは何の嫌がらせかと誤解を招いて乗り込まれ、やむなく立ち合ったこともあったが、引き分けて和解した後は親しい仲となっていた。

並木幹平は小兵ながらも試合巧者であり、若かりし頃には諸方の御前試合で評判を取ったという。その実力の程は、直《じか》に立ち合った左内が一番良く知っていた。なればこそ、自分も試合に出てみようと思い立った左内は幹平に相談してみようと考えたのである。

御前試合とは本来、将軍が臨席して行われる催しを指す。

大名や旗本が勝手に開催すること自体がそもそも禁止されているのだが、諸大名家では有名無名の剣客を招聘《しょうへい》し、江戸の藩邸内に設けた試合場で立ち合わせるのが常である。このような試合が密かに流行《はや》ったのは、ここ数十年間に竹刀と防具が普及したことにも起因していた。

かつての剣術は木刀を用いるのが前提だったために試合であれ、常に大怪我を負う危険を伴うものだった。

寸止めなど容易に出来るものではなく、まして他流派の者と立ち合えば共通する技の形を知らないために、予期せぬ一撃を食らって死傷する可能性も高かった。

招いた剣客を死なせてしまえば、試合を催した側にしても具合が悪い。剣術の試合といえば木刀が当たり前だった時代に好んで他流試合をさせていたのは、寛永《かんえい》の世の三代家光公ぐらいのものだろう。

しかし防具を着用して竹刀で打ち合う撃剣ならば、喉《のど》などの急所に突きでも入らぬ限りは致命傷を負うに至らない。

たとえ未熟な者同士、他流派同士で試合をさせても死人が出ることは皆無に等しいとなれば、試合を開催する諸大名も安心であった。

百年近く前の正徳《しょうとく》年間に直心影《じきしんかげ》流が普及に努めていた当時には邪道の誹《そし》りを受けていた撃剣も、名門流派の中西派《なかにしは》一刀《いっとう》流が今から四十一年前、宝暦《ほうれき》十三年（一七六三）

に竹刀打と称して取り入れてからは、次第に広まるようになっていた。当年五十歳になる並木幹平が生を受けて剣術を学び修めたのは、ちょうど防具と竹刀が江戸の剣術界に普及し、流行し始めた時期と一致していたのである。

　木刀を用いるのが当たり前の古流剣術を教える父を持ちながら撃剣に抵抗感を抱くことがなかったのも、旧弊な伝統に縛られて竹刀と防具の導入を拒む事例が多かった地方の藩領ではなく、諸事に寛容な江戸の地で生まれ育ったがためなのだ。

　かくして古流の中条流と撃剣を併せ修めた若き日の幹平は、彼方此方《あちこち》の御前試合に飛び入りで乗り込むことを繰り返し、父の代には無名だった道場の評判を高めるのに腐心していたものである。

　五尺足らずの小兵でも軽快な足さばきで対手《あいて》を翻弄《ほんろう》し、近間へ踏み込めば一本取るのは不可能事ではない。竹刀を取り落として組み討ちに突入しても、関節を極める術を心得てさえいれば後れを取りはしなかった。

　それに小柄な幹平が六尺豊かな大兵《たいひょう》と互角に立ち合い、鮮やかに制すればこそ見る者は感心する度合いも大きいし、弥《いや》が上にも評判を呼ぶ。

　そこまで計算した上で、試合への飛び入りを敢行していたのだ。

　つくづく大した自信と度胸の持ち主だったと言えよう。

体を張っての売名に励んだ甲斐《かい》あって並木道場の名は大いに高まり、さすがに大名当人こそ入門しては来ないものの江戸勤番の藩士たちの人気を集め、年老いた父母と妻子を抱えていても食うには困らぬだけの実入りが得られていた。

「ご指南のお邪魔をしてしまい、相すみませぬ」

「構わぬさ。ちょうど一息入れさせておったところだからの」

頭部を覆っていた手ぬぐいを外した幹平は、汗を拭き拭き快活に答える。

にこやかに振る舞っていても、鋭い光を秘めた双眸にかつての荒武者ぶりの片鱗《へんりん》が見出された。

この幹平、逞《たくま》しいだけでなく気働きも利いていた。

「時に日比野……おぬし、少し痩《や》せたか？」

左内に明るく応じつつも、細い目に心配そうな色を浮かべている。

「は」

的を射た指摘に、左内は思わず視線を伏せる。

このところ、食事が十分に摂れていないのだ。

朝餉にも以前のように刻み野菜をたっぷり入れた味噌《みそ》雑炊を作る気分になれず、夜に炊いた冷や飯を湯漬けにして流し込むばかりである。

試合に出てみようと思い立ったことで気力こそ持ち直しているものの、今朝も一碗の湯漬けと胡瓜《きゅうり》の糠漬《かすづ》けを二切ればかりしか口にしていなかった。

いつ何時《なんどき》、刀を取って戦うことになるかもしれない五体を十全に保つことが出来ていないのは、剣客として恥ずべきことである。親しい仲の幹平から対面早々に指摘を受けたことで、左内は自省せずにはいられなかった。

「されど、眼力は相変わらずじゃな」

己が言葉を打ち消し、幹平は年下の友人を気遣うようにして告げてきた。

「今日もいい目をしておる……いや、常よりも輝きが増しておる。おぬしが斯様《かよう》な面構えを見るのは、一年半前に初めて立ち合うた折以来じゃのう」

「真実《まこと》ですか、並木様？」

「偽りは申さぬよ」

糸のような目を更に細くし、幹平は微笑む。

「何か思うところがあって参ったのだろう。話を聞こうではないか」

と、上がるように促す。

「御免」

持参の手ぬぐいで裾《すそ》を払い、左内は雪駄を脱ぐ。

今朝は小千谷縮《おぢやちぢみ》の着流しの帯前に小脇差を一振り帯びただけの軽装だった。殊更に改まった装いをせずに訪ねても差し支えないだけの間柄なのである。

しかし、左内が幹平に相談事を持ちかけようと思い立ったのは、単に親しいからというだけの理由ではない。

幾多の試合を経験し、諸方の大名や大身《たいしん》旗本を瞠目《どうもく》させてきた人物なればこそ自分の思惑を打ち明けるのにふさわしい相手と見込んでいたのであった。

三

仕舞屋の一階は台所を除いて余さず稽古の場に充てられており、幹平と家人たちは二階で暮らしていた。門人たちが入り乱れて床板を踏み鳴らすため、稽古中にはどの部屋も絶えることなく、小刻みに揺れ続けている。

一階の広間は床板こそ丈夫なものに張り替えてあったが、もともと道場として建てられたわけではないので縁の下には震動を吸収するための溝が掘られていない。建屋そのものも安普請《やすぶしん》であるらしく、小規模な地震に見舞われているような態《てい》だった。

妻女が淹《い》れてきてくれた茶は階段でこぼしたらしく、碗に半分も残っていない。

「相変わらずで相済まぬが、ゆるりとしてくれい」

「頂戴いたしまする」

苦笑しつつ勧める幹平に目礼をし、左内は茶碗に手を伸ばす。

刹那《せつな》、どしんと大きな音が聞こえてきた。

門人の誰かが組み討ちとなり、闘志の赴《おもむ》くままに投げ合っているらしい。後の世の剣道では禁じられていることだが、当時の撃剣は竹刀を交えて勝負が付かぬときには空手《からて》で取っ組み合い、締め上げるか馬乗りになって降参させるか、どちらか一方が面を剝《は》ぎ取られるまで続行されるのが常だった。

門人たちも道場が安普請というのを頭では理解しているのだろうが、いざ立ち合いが白熱すれば配慮など吹っ飛んでしまう。道場を営んで月謝を頂戴する並木家の人々としては、こうして揺れに襲われても災難と思うしかない。

あるじの幹平は素知らぬ顔で碗を取り、残り少なくなった茶を啜《すす》る。座していても腰が据わっており、些かも揺らぐことはない。

左内もまた、平然と茶碗を掲げ持っていた。

茶托《ちゃたく》にも畳にも、一滴たりともこぼしてはいなかった。刀を握るときと同様に小指と薬指をしっかりと締め込み、口元へ運んでいく姿勢は自然と安定を保っている。

「さすがは、錬《ね》れた手の内だのぅ」

感心した様子でつぶやく幹平に、左内は控えめな微笑みを返す。

しかし、続く一言は大胆きわまるものだった。

「試合に出てみようかと存じます」

「本気か、日比野!?」

「はい」

「それは重畳《ちょうじょう》……」

一瞬の驚きに続き、幹平は深々と安堵《あんど》の吐息を漏らした。

今まで幾度勧めても固辞されていた話である。どういう風の吹き回しなのかはともあれ、願ってもないことだった。

並木道場の門下には、目立って評判を取るような剣客は皆無である。

剣術に限らず、世に聞こえた類《たぐ》い希《まれ》な遣い手が必ずしも一流の指導者たり得るわけではない。父子《おやこ》二代の道場主であっても自分が名伯楽《めいはくらく》とは成り得ぬことを、並木幹平は重々自覚していた。なればこそ同郷の誼《よしみ》で知り合った日比野左内に目を掛け、出来得るならば己が縁者として御前試合に出場して欲しいと望んでいたのだ。

もしも左内が何《いず》れかの試合に出場して勝ち進んでくれれば、周旋《しゅうせん》の労を執った自分と道場の評判も高まる。

さすれば入門を望む者の数が増えるのみならず、扶持を積んで指南役を頼んでくる大名や旗本も現れることだろう。幹平としては、実に喜ばしい話なのだ。

「それにしても、何故の翻心《ほんしん》じゃ？」

「この辺りでひとつ、腕試しをしたくなりまして……」

多くは語らず、左内は力強く頷いて見せた。

親しい仲の相手でも、真意を明かすわけにはいくまい。

左内は江戸の剣術界に名を知らしめ、己が存在を兄に気付かせるために御前試合に出ようと決めたのである。

「して、いずれの試合が望みなのか。何処なりと口添えして遣わすぞ」

「左様……」

期待を込めて問いかける幹平を、左内は微笑みながら見返す。

派手に名を売るためには、凡百《ぼんぴゃく》の試合に出場したところで意味はない。かかる思惑の下に左内が口にしたのは、幹平が想像もせぬ大物大名の名前であった。

「白河《しらかわ》様は、折に触れて御前試合を催しておられるそうですね」

「え……」

「どのみち出るならば、大きな舞台のほうがよろしいでしょう」

白河様とは奥州白河藩十一万石、松平越中守定信《まつだいらえっちゅうのかみさだのぶ》のことである。

松平定信は八代吉宗《よしむね》公の孫に当たる。かつては老中首座と将軍補佐を兼任する立場として柳営《りゅうえい》を牽引《けんいん》し、寛政《かんせい》年間に幕政の改革を断行した大立者《おおだてもの》でもあった。

譜代大名の参勤交代は、六月から八月にかけて行われる。定信は江戸を離れる前に御前試合を毎年催し、腕に覚えの強者《つわもの》たちを集めて競わせるのを無上の楽しみとしていると左内は耳にしていた。

為政者の座に在った頃から定信は士道高揚のために武芸を奨励しており、自らも剣を嗜《たしな》んでいた。剣客への理解も深く、交誼《こうぎ》を結んでいる者も数多いという。

しかし並木幹平は残念ながら、未だ近付きになれてはいないらしい。

「難しいの」

無念そうに幹平は天井を仰ぐ。階下の組み討ちは決着が付いたと見えて、先刻までの大揺れは収まっていた。

「外様《とざま》のお歴々ならばともかく譜代の、それも白河侯ではのぅ……」

深く溜《た》め息を吐きつつ、腕を組む。客人の前で腕組みをするのは非礼な振る舞いであるのだが、今は礼儀よりも慨嘆のほうが勝っている心境らしかった。

「お顔を上げてくだされ」

そんな幹平の様を見て取るや、左内は落ち着いた口調で語りかけた。

「お口添えが叶わぬとなれば、良き手がございます」

「何とする積もりか、日比野」

「かつて並木様が用いられし手を倣《なら》わせていただけば、易《やす》きことでありましょう」

「よもや、飛び入りすると申すのか？」

「はい」

「それは無茶であろう……」

たちまち腕組みを解くや、幹平は不安そうな面持ちで見返す。

彼自身が御前試合への飛び入りを繰り返していたのは今の左内よりも若く、怖い者知らずだった頃のことなのだ。

もう十分に分別の有る齢で、仇討ちのために暇《いとま》を取っている立場とはいえ上士の家に生まれた左内が同じ真似《まね》をして、もしも白河藩から苦情が出れば加賀藩の面目まで丸潰れになってしまうのではないか。幹平は、そう案じているのである。

「何も白河侯の御前に罷《まか》り出ずともよいではないか、日比野？　手頃な試合を探して遣わす故、軽はずみな真似は思いとどまることじゃ」

「痛み入ります、並木様」

謹厳とした面持ちで答えながらも、左内は首肯しようとはしなかった。

「されど、こたびは思い切って事を成してみたいのです」

「思い切って、とな？」

「我が名を売るは私欲に非《あら》ず、兄が許にまで知らしめたいと思えばこそ」

「ううむ、左様であったのか」

幹平はようやく得心した様子で唸《うな》った。

もとより、左内が仇討ちの責を担う身であるのは承知していた。金沢城下から姿を消した兄の博之進の行方が杳として知れぬまま、一年余りが過ぎてしまっているのをかねてより案じてもいた。

宮仕えの武家において仇討ちとは、家名を存続させるために必須の義務である。父の代より浪々の身の幹平には想像もつかぬことだが、仇を討ち果たすまでは家代々の禄も給されず、子弟が家督を継ぐことも許されない。事は左内のみならず日比野の家全体に拘《かか》わる大事なのだ。

「されど日比野、斯様な思惑の下に為すのならば何故に藩邸を頼らぬのだ？　たしか御父上のご同輩が常勤しておるのであろう？」

「思うところありまして……」

幹平の問いかけに、左内はさらりと答える。

加賀藩邸の不破三蔵にさえ口添えを頼めば、たしかに出場は容易《たやす》い。白河藩との間に格別の付き合いがあるわけではないものの、加賀百万石に仕える留守居役の配下の紹介となれば、先方も左内のことを無下《むげ》には扱うまい。門前払いを喰わされる可能性が高い飛び入りを試みるよりも、よほど確実なはずだった。

だが、それは左内の望むところではない。

先の一件で加賀藩の名誉を守った見返りは、兄の探索を頼んだことによって帳消しになっている。これより上の助勢を得れば、借りになってしまうであろう。

ここは、あくまでも独力で事を成したい。

武芸奨励に熱心な名門大名の御前試合で勝ち抜けば、否が応にも日比野左内という剣客の名は世に広まる。

さすれば必ずや、兄の耳にも届くはずだった。

四

小半刻後、家路を辿《たど》る左内は久々に満面の笑みを浮かべていた。

他流試合に臨むのは初めてのことだが、微塵《みじん》も臆《おく》してはいない。

周旋の労を執るのが叶《かな》わぬ代わりにと、並木幹平は飛び入り参加をするに際しての心得を子細に説いてくれた。

『おぬしならば大事あるまいが、身綺麗に装うが宜《よろ》しかろう。間違うても蓬髪弊衣《ほうはつへいい》で罷り出でてはならぬ』

『何故でありますか、並木様？』

『乱世の遺風覚めやらぬ往時と同じには参らぬからの。在りし日の宮本武蔵翁が如《ごと》き風体で乗り込まば、即座に門前払いを食わされようぞ』

『成《な》る程《ほど》……』

如何に腕が立とうとも、在所無き流浪の者のような態では最初から相手にもされぬというわけである。

御前試合に勝ち抜けば剣名は高まり、仕官の声もかかることになる。

戦国乱世から寛永の世にかけての頃ならば、どれほど尾羽《おは》打ち枯らしていようとも強ければ厚遇を以て迎えられたに違いないが、今は時代が違う。剣の技倆《ぎりよう》に秀でた上で人品卑《いや》しからざる者でなくては仕官はおろか、試合に出ることさえ許されないと心得ておくのが肝要なのだ。

仕官など最初から望んでもいない左内だが、飛び入りが許されなくては困る。当日に備えて稽古を積むだけでなく、衣裳を整えておこうと脳裏に刻み込んでいた。

（これから忙しゅうなるなぁ）

足取りも軽く、左内は浅草御門を抜けてゆく。

もうすぐ午になろうとしている。途次で昼餉を済ませて道場に戻り、弟子たちを迎えて夕方まで稽古を付けなくてはならない。自分のための稽古が出来るのは、夜が更けてからの話であった。

しかし、もはや眉《まゆ》を吊り上げて素振りをすることはないだろう。

向後の稽古は希望に満ちたものとなるはずだった。

この先に兄との避けられぬ対決が待っているのは、もとより承知の上である。

それでも高揚の念を覚えて止まないのは、今まで避けてきた陽の当たる場所に一時とはいえ出ていくことになるからだった。

自分は、どこまで通用するのか。

人を斬るためでなく試合の場で振るう剣を以て、どこまで戦えるのだろうか。

いずれ兄との立ち合いで命を落とすことになるとしても、今は剣術修行者としての己の可能性を試す好機と思い定めて専念したい。

ともあれ、まずは腹拵《ごしら》えである。

浅草御門界隈には老舗の人形問屋に加えて、茶店や煮売屋が多く集まっている。目《め》抜《ぬき》通りは浅草寺に至る参道でもあり、終日の賑《にぎ》わいを見せていた。

景気づけに鰻《うなぎ》と張り込みたいところだが、焼き上がるのを待っていては時がかかりすぎてしまう。

さっと済ませるならば、蕎麦《そば》を手繰《たぐ》るか——

そんなことを思案しながら左内が歩を進めていると、後方から明るく呼びかける声が聞こえてきた。

「左内さん！」

振り向くと、長身の浪人者が明るい陽射しの下に立っている。

「十日ぶりですね、条《じよう》さん」

「うむ。貴公も変わりが無うて何よりじゃ」

柴崎条太郎は嬉《うれ》しげに目を細めていた。

長身に纏《まと》った藍染めの着流しは左内の口利きにより、柳原土手の古着屋で先だって手に入れたばかりの平織《ひらおり》の絣《かすり》だった。不要になった道中用の打裂羽織《ぶっさきばおり》と野袴《のばかま》に思ったよりも良い値が付いたため、絣と交換してもらった差額で雪駄を購《あがな》う銭も捻出できている。月代《さかやき》の毛もだいぶ伸びてきて、浪人体《てい》が板に付きつつあった。

「貴公が如くに形良う生え揃《そろ》うまでには、どれほどの時がかかるのだろうなぁ」

「放っておけば自ずとなるものですよ。鬢付《びんつ》け油も要《い》らず、楽なものです」

栗色《くりいろ》がかった地毛を掻《か》き上げてみせ、左内は口元を綻《ほころ》ばせる。

井の頭の一件以来、江戸に居着いた条太郎とはすっかり打ち解けていた。

折に触れて道場へ訪ねてきては、顔なじみになった子どもたちに稽古を付けるのを手伝ってくれたりもしていたのだが、このところ姿を見せずにいたので左内も案じていたところだった。

その不安は、どうやら杞憂《きゆう》ではなかったらしい。

「時に、少し痩せましたか？」

「うむ……」

左内が何気なく問いかけたとたん、条太郎の快活な笑みが翳《かげ》りを帯びた。

精悍な男臭い貌《かお》に精彩が無く、張りがあったはずの頰が幾分こけているのを見れば明かしてもらわずとも察しは付く。食事の量が足りていないのだ。

条太郎は両国橋を渡った大川の対岸にある、本所回向院《ほんじょえこういん》近くの裏長屋に居を構えていた。左内の道場に近いため、遊びに来るのにも便利というわけである。

しかし、いつまでも悠々と構えてはいられない。

仇討ちの責を放棄したということは、国許からの援助が一切受けられなくなることを意味している。むろん、もはや家督を継ぐことも叶わない。

仇《かたき》の楢井伊兵衛を見逃した結果、条太郎は浪々の身と成り果ててしまったのだ。

もとより当人も承知の上で受け入れた運命とはいえ、藩士の子として生まれてから剣術修行三昧《ざんまい》で生きてきた他には何の苦労もしていない条太郎が、日々の糧を独力で得ていくのは容易なことではなかった。

左内も道場を手伝ってくれた日は夕餉を振る舞うようにしていたが、さすがに居候《いそうろう》をさせてやれるほどの余裕はない。条太郎もそう承知していればこそ、乏しい所持金をはたいて長屋を借りたのだ。

とはいえ、この様子では店賃《たなちん》の払いは滞らせたままに違いあるまい。

「して条さん、本日は何用でこちらまで？」

「口入屋《くちいれ》に出向いて参ったのだが、つい朝寝を決め込んだのが仇《あだ》になってな……」

条太郎は苦笑した。仕事を周旋してもらうはずだったのが、朝寝坊が祟《たた》って別の者に取られてしまったということらしい。

「それは残念なことでしたね」

「ま、自業自得よ」

虚勢を張ってみても、体は正直なものである。

条太郎の腹がか細く、くぅくぅと鳴っているのを左内は聞き逃さなかった。

「……妙音が聞こえますな」

微笑混じりにつぶやくと、条太郎の腕を引く。

「これより昼餉を食しまする故、ちとお付き合いくだされ。一人きりで食事をするというのは、どうにも空しゅうございますのでね」

「さ、左様か。付き合えと申すならば勘定は貴公にお任せいたすが、構わぬな？」

「はい」

まだ強がっている若者に、左内は晴れやかな笑みで応えるのだった。

暫時の後、二人は最寄りの蕎麦屋に腰を落ち着けていた。

目の前に置かれた大盛りの蒸籠《せいろ》へ条太郎はひっきりなしに箸《はし》を伸ばし、物も言わずに啜り込んでいる。

並盛りを先に食べ終えた左内は、すっと腰を上げる。この店は禿頭《とくとう》の親爺が一人で切り盛りしており、茶も蕎麦湯も客が板場の前まで取りに行く決まりであった。

「忝《かたじけ》ない」

湯気の立つ碗を、条太郎は目礼しながら受け取った。

「やはり、江戸の出汁《だし》とは些《いささ》か鹹《から》いものなのだな……」

程よく温められた茶を喫しながらつぶやく横顔に、安堵の表情が浮かんでいる。息もつかずに食べまくっていたのが、ようやく人心地ついたらしい。

「慣れれば存外にいけるものですよ。私も初めて食した折には戸惑いましたがね」

懐かしげに語りながら、左内は自分の器に蕎麦湯を注ぐ。

「うむ……」

満足げに微笑み返し、条太郎は再び箸を取った。蕎麦の切れっ端まで丹念につまみ上げ、汁にひたしては口へ運んでいく。

食べ足りぬと気付いた左内は何も言わず、板場へ目線を送る。

親爺は無言で頷き返すや、沸き立った大釜《おおがま》の湯にふたつかみの蕎麦を投じた。

角張った顔をした、見るからに気が強そうな四十男である。実際、蕎麦の味に難癖を付けてくる客がいれば腕に物を言わせてでも追い返すほど、向こう意気の強い親爺であった。

しかし条太郎が口にしていたことなど、まるで気にしている様子はない。

たとえ口先で何を言ったところで、自分の打った蕎麦をきれいに平らげてお代わりまでしてくれるならば客として丁重に遇し、無下に扱ったりはしないのだ。

もっとも、この親爺のもてなしとは弁を弄《ろう》することではない。

「ご馳走《ちそう》さまでした、小父《おじ》さん」

「……これだけ貰《もら》っておくさ。あのどさんぴん、また連れてきねぇ」

去り際に左内が差し出した銭の一部を返して寄越し、条太郎にお代わりさせた蕎麦は近付きのしるしに自分が奢《おご》るということを、言葉少なに伝えてきたのみだった。

「有難《ありがと》う存じます」

対する左内も、多くは口にしない。

江戸の町民たちが態度や口の利き方こそ荒っぽいが何事も腹蔵無く、気前がよい人たちだということを日々の暮らしの中で学んでいたのであった。

暖簾を潜って表に出ると、条太郎が気持ちよさげに腹をさすっていた。

「すっかり馳走になったなぁ。いやはや、忝ない」

「お元気になられて何よりでしたね」

「おかげさまでな」

肩を並べて潑剌《はつらつ》と歩き出した若者を、左内は頼もしげに見返す。あれほど憔悴《しょうすい》していたのが嘘《うそ》のような回復ぶりに、さすがは若い体は違うと感心しているのだ。

浅草御門の雑踏を抜けて、二人は向柳原への道を辿ってゆく。

「それにしても左内さん、稽古の前に外出《そとで》とは珍しいな」

条太郎は、ふと怪訝《けげん》そうにつぶやいた。

「まぁ、おかげで俺は行き倒れにならずとも済んだわけだが……」

「そう大げさに申されますな」

苦笑混じりに窘《たしな》めた上で、左内は言葉を続けた。

「存じ寄りの方にご教示を願っておったのです。越中守様のお屋敷にて催される試合に飛び入りをさせていただこうと思いましてね」

「え……越中守様の、御前試合とな？」

条太郎は思わず足を止めた。

一地方藩士の子弟として育った若者も、前の老中首座の名は承知している。

まして松平定信は八代吉宗公直系の孫という出自であり、我《わ》が儘《まま》放題だった家斉《いえなり》公の専横を抑えて幕政の改革に辣腕《らつわん》を振るった大立者なのだ。

「か、斯様に敷居の高い場へ、真実に罷り出る所存なのか？」

「はい」

「それは難しかろうぞ……」

「なればこそ門前払いを食わされずに済むには如何様に立ち回れば良いのか、あらかじめ心得置くべき点を承《うけたまわ》って参ったのですよ」

語り合ううちに、二人は神田川の見えるところまで来ていた。

「貴公、本気らしいの」

川端で足を止めた条太郎は、じっと左内を見返す。

「まさか……仕官を望んでおるのか」

「何故に、そう思われるのです」

「そりゃ、名を売るには手っ取り早いからさ。勝ち残れば必ずや越中守様のお眼鏡《めがね》に叶い、ご家中にも加えていただけるに違いないからの」

「成る程……いや、そこまで考えてはいませんでした」

「え」

条太郎が啞然《あぜん》とするのをよそに、左内は問わず語りにつぶやいた。

「試合に出るなど、国許に居った頃以来のことですのでね。まして前のご老中の御前にて存分に立ち合えると思うただけで、先程より気が昂《たか》ぶっておりました」

「変わってるなぁ、左内さんは……」

「どのみち腕試しをするならば、大きな舞台のほうが良いでしょう？」

驚いた表情を浮かべたままの条太郎に、左内は静かに微笑み返す。

端整な横顔には、確かな自信の程が感じられた。

たとえ首尾良く出場するに至ったところで、肝心の試合に勝ち抜けなければ意味はない。初戦で敗退してしまっては、一体何のために加賀藩士という身分を隠してまで飛び入りをするのか判りはしないことだろう。

出るからには勝つ。

勝ち抜いて、己が名を世に知らしめる。

左内が胸の内に秘めた不退転の決意を、条太郎は知る由もなかった。

五

それから数日が経った。

暮れなずむ晩夏の空を、今日も都鳥《みやこどり》が悠然と飛んでゆく。

稽古終《じま》いをした子どもたちは道場の掃除を済ませ、家路に就くところだった。

めいめいに防具をまとめて鴨居《かもい》に掛け、床をきれいに拭き上げる。

「先生、失礼いたします」

「さよなら、せんせい！」

兄弟子たちの真似をしてお辞儀しながら、年少組のちび連が黄色い声を張り上げて挨拶《あいさつ》する。

「うむ。また明日な……」

左内は一人一人に笑みで応じ、戸口に立って送り出す。

最後の子どもが出て行くのを見届けると、おもむろに表情を引き締める。

すでに防具と竹刀は片付けてあった。

手慣らした木刀を手に取り、左内は神棚の前に進み出る。

無双窓から差し込む夕陽に、凜とした横顔が浮かび上がった。

無言で神前に一礼し、すっと中段の構えを取る。

つい先程まで子どもたちに正しい手本として示していた姿勢とはまるで違う。

爪先《つまさき》立ちになるのではなく両の踵《かかと》を床板に密着させ、左足を撞木にして後方に踏み締めている。

幼少の頃より五体に覚え込ませていた、古流剣術の立ち姿だった。

これから明日の午までは、自分のための稽古に時を費やすことになる。

中条流の兵法者としての、本来の姿に立ち戻るのだ。

窓越しに、夕陽が沈んでいくのが見える。

徐々に道場の中が闇に包まれてゆく。

「む！」

短く気合いを発して一歩踏み出すや、左内は刀身を袈裟《けさ》に振り下ろす。

目の前に自分と同じ身の丈の敵が立っているものと想定し、迫り来るのに応じた態で鋭角に打ち込んだのだ。

振るっているのは本身でなくても、込められた刀勢は鋭い。

間を置かず、左内は続けざまに木刀を打ち振るった。

首筋、喉元、手首、下肢。

撃剣の試合においては有効打突《だとつ》とは認められ難いが、真剣ならば浅く裂かれただけで大量の出血を促されて、致命傷となる部位ばかりであった。

こたびの相手は千差万別となることだろう。もとより、楽に勝てる者などは一人もいないはずだった。

なればこそ、己が身に付けた術技に磨きを掛けるのである。

幼き頃から一心に取り組んで会得した中条流の剣を信じ、すべてを懸《か》けて試合の場に臨むのだ。

ここ数日の稽古の仕上がりは申し分のないものだった。かつて国許の道場で培《つちか》った手の内——柄を操る十指の勘は些かも鈍っていない。

真剣や木刀を振るう手の内は、竹刀さばきにも転用し得る。たとえ対戦相手が防具を着けての立ち合いを所望してきても、後れは取るまいと左内は確信していた。

夕闇が忍び寄る道場の中に、力強い素振りの音が響き渡る。

ひとつひとつの刃音は短く、低い。

それは物打《ものうち》と呼ばれる、剣尖《けんせん》からおよそ四寸の部分から先に打ち込んでいることの証左であった。

斬る対象を確実に斬割《ざんかつ》するには両の肩を支点として刀を振り下ろし、遠心力を最大限に発揮しなくてはならない。

そして打ち込んだ瞬間に柄を握った両の手を締め込み、生じた遠心力を分散させることなく、対象へ余さず叩き付けるのだ。

もちろん試合ともなれば竹刀はともかく、木刀ならば寸止めが必須なのだが、最初から止める積もりで打ち込んだのでは刀勢は弱々しくなってしまい、対戦相手に舐《な》められるばかりである。

木刀のはずなのに、竹刀なのに斬られそうになった――そんな恐怖感を覚えさせるほどの気迫を以て相対しなくてはなるまいと左内は考えていた。

素振りの音は絶えることなく打ち続く。

もとより、一本の蠟燭も点してはいない。五坪の道場はいつの間にか濃い闇に包まれていたが左内は意に介さず、びゅっ、びゅっと木刀を振るっている。

当時の剣術道場では夜間稽古と称して、暗闇の中でも打ち合うことが出来るように修練を積ませていた。年少の弟子子たちにそこまで要求してはいないが、左内自身は国許で夜間稽古を重ねて来ており、夜目が利く。

それに仮想敵を対象とする独り稽古であっても、いい加減に木刀を振り回しているわけではない。

左内の繰り出す木刀の狙いは正確そのものだった。

首筋を斬り、喉を突き、合わせた刀身を滑らせて手首を裂く。

古流剣術に独自の刀さばきを、完璧《かんぺき》に会得しているのだ。

人体の急所を狙い澄まして一撃で倒す形ばかりでなく、大きく前へ打ち込む動きも交えている。敵の攻めを誘い、わざと隙を生じさせるための動作であった。

静かな、しかし烈《はげ》しい気迫が闇の中に立ち籠めている。

夕餉を摂るのも忘れて熱中しているうちに一刻——二時間ほどが経っていた。すでに隣近所の住人たちは食事を済ませて、床に就いたらしい。静まり返った長屋の路地からは物音ひとつ聞こえてこない。

と、その静寂が不意に破られた。

溝板《どぶいた》を踏む音が近付いてきたのに続いて、閉めていた板戸がほとほとと鳴る。

「ごめんくださいやし」

訪いを入れてきたのは若い男だった。

木刀を納めた左内は神前に一礼し、土間へ向き直る。

「どうぞお入りなされ」

夜更けの訪問者へ警戒することもなく呼びかけたのは、声の主が何者なのかを承知していたからだった。

「失礼しやす」

土間に入ってきたのは船頭の装いをした若者だった。

双眸が大振りで鼻がつんと上を向いた、向こう意気の強そうな顔立ちである。

身の丈は五尺三寸ばかり。左内よりは幾分小柄だが、この時代としては並の身長と言えよう。胸板は分厚く、さらしを巻いた腹も引き締まっている。

広い肩に洗い晒しの半纏《はんてん》を羽織り、裾から白い猿股《さるまた》を覗かせていた。筒袖《つつそで》から突き出た腕は太く、顔と同様によく陽に焼けている。両手の指が太くて節《ふし》くれ立っているのも、日頃から櫓《ろ》を押して鍛えていればこそであった。

「今日も励んでいなさるようで……お疲れさんにございやす、先生」

白い歯をちらりと見せて、若者は左内に微笑みかけてくる。

「お気遣い、痛み入る」

応じる左内も、汗に濡れた顔を綻ばせていた。

若者の名は竜太《りゅうた》、二十一歳。

竜太は左内もときどき足を運ぶ、鉄砲洲《てっぽうず》の船宿『海ねこ』で働いている。喧嘩《けんか》っ早いために何処の船宿でも永続きせず、あるじの甥《おい》という縁を頼って転がり込んだとのことだが釣り船を漕《こ》ぐ腕は確かなものであり、出入りの太公望《たいこうぼう》たちの評判も上々であった。

見た目の通りに生意気な性分で、共通の知り合いである条太郎に対してはずけずけと物を言っているが、左内にはかねてより信服していた。

「先だってはご面倒をおかけしやしたね。おかげさんで命拾いをしやした」

口調こそいつもと変わらず伝法《でんぼう》なものだが、態度は殊勝そのものである。

「改めて、心より御礼申し上げやす」

首に掛けていた手ぬぐいを取り、竜太はぴょこりと頭を下げた。

「みんな大事に至らずに何よりだったな。して、塩谷《しおや》様はご息災かね？」

微笑みで応じつつ、左内は問いかける。

「当ったり前でさぁ。あの爺さんなら当分、くたばりっこありやせんや」

頭を上げるや、竜太は苦笑まじりにつぶやいた。

「ったく、いい齢して無茶ばっかりしやがって……付き合わされるほうは堪《たま》ったもんじゃねぇ」

「そう申すなよ。おぬしとて、あの御仁が嫌いなわけではあるまい」

「ま、そりゃそうですがね」

左内の言葉に異を唱えることなく、竜太はからりと笑って見せる。話の主になっている塩谷という老人は、よほど人徳があるらしかった。

「とまれ、表に参ろうか。私は煮売屋で飯にするから、おぬしは一杯呑《や》ると良い」

気のいい笑顔に頷き返すと、左内は明るい口調で告げた。

そろそろ腹も空いてきて、稽古を終うにはちょうど良い頃合いである。今日は早めに休んで、また明朝に再開すればよいだけのことであった。

「それがね先生、ゆっくりもしていられねぇんでさ」

振る舞い酒に喜ぶかと思いきや、竜太は思わぬことを言い出した。

「塩谷の爺さんがね、うちの店で待ってるんでさ。先生にお目にかかりたいから早う呼んで参れって、使いを頼まれておりやす」

「真実か？」

「お疲れのとこをすみやせんが、一緒に来てやっておくんなさいまし」

「承知した。あの御仁のお呼びとなれば断れまいよ。すぐに着替えて参る故、川端で待っていてくれ」

即座に請け合い、左内は竜太の肩を叩く。

再び道場に上がり、弟子たちが脇に干しておいてくれた雑巾を一枚取る。先程まで素振りをしていた場所だけ乾拭きし、木刀も片付けた。

行水を使う閑《ひま》はないが、これから会う相手は多少の汗くささなど気にはしない人物なので障りはない。装いにしても、長屋の部屋に用意しておいた小千谷縮の着流しを纏っていけば事足りる。

（何とされたのかな、この時分に……）

怪訝には思えても、不快な気分はまったくしない。

竜太に使いを頼んできた塩谷という老人は左内にとって、暫しの間のこととはいえ剣の手ほどきをした外弟子の一人だからだ。

道場に通ってくることがなくなっても、縁まで切れたわけではない。

手早く着替えを済ませた左内は刀架から中太刀《ちゅうだち》のみを取り、一本差しの姿となって路地を抜けていく。

向柳原の川端では、竜太が猪牙《ちょき》の支度をして待っていてくれた。

「それじゃ、参りやすよ」

左内が船梁《ふなばり》に腰を落ち着けるや、竜太は握った竿《さお》の先でとんと岸を押す。

鳥越橋と柳橋の下を通過し、神田川の河口に出る。

大川に合流すれば、船足は一気に速くなる。

竜太は竿を櫓に持ち替えて、腰で調子を取りながら器用に漕ぎ進める。書いて字の如く猪《いのしし》の牙《きば》に形が似ている快速船は流れに乗り、大川をぐんぐんと下っていく。

「さすがだねぇ、先生は……」

船尾に立った竜太は、思わず感心した声を上げた。

その視線の向こうでは、左内が小揺るぎもせずに背筋を伸ばして座っていた。臍下《へそした》の丹田《たんでん》に気を集め、操り人形のように頭頂部から糸で吊られた心持ちとなれば自ずと姿勢は整うものだが、常に揺れ続ける猪牙の上でこうしていられる乗客は滅多にいないことだろう。

吉原通いに入れ込んだ大店《おおだな》の若旦那などは、遊廓《ゆうかく》との行き来で乗り慣れてはいても左内のような姿勢はまず保っていられまい。まして船そのものに不慣れな者の場合は絶え間ない震動に気分が悪くなるのが常だった。

「刀ぁお捨てになりなすったら、いつでも働き口はお世話しやすぜ」

「そのときはよしなに頼むよ」

竜太の軽口に背中で答えつつ、左内は膝に横たえた差料《さしりょう》の柄を撫《な》でる。

そのようなことが本当に出来れば仇討ちの責からも解き放たれ、さぞ気も楽になることであろう。

だが、今の左内に刀を捨てる積もりは毛頭無い。

剣客としての己の器量がどこまで世に通用するのか、それを確かめんと稽古に励む日々を重ねていくのに手ごたえを感じ始めたことで、己が武士であることへの苦悩は今や霧散していた。

六

鉄砲洲は佃島《つくだ》を間近に臨む、江戸湾口の一画に在る。後の世に佃大橋が架けられるまでは永らく渡し場が置かれており、船の往来が多い地だった。

程よく水が澱《よど》んでいるため魚が集まりやすく、太公望たちにとっては格好の釣り場でもある。竜太の叔父《おじ》が営む『海ねこ』は沖釣りの船を出すのを専《もっぱ》らとし、主人夫婦と船頭の三人きりで営む小体《こてい》な店ながら結構な稼ぎを得ていた。

「お疲れさんにございやす」

店前の船着場に漕ぎ寄せた竜太は、慣れた手付きで猪牙をもやう。

「雑作《ぞうさ》をかけたな」

左内は先に降り立ち、店の二階を見上げた。波音が絶えず聞こえてくる中、行灯《あんどん》の薄ぼんやりとした明かりが障子窓越しに見えている。

どこの船宿でも、造りは二階建てというのが基本である。

階上の座敷は乗船待ちの客が休憩するだけでなく、酒宴や密会にも供されるのが常だった。釣り宿としての生業《なりわい》が主な『海ねこ』には深い仲の男女が上がることは皆無に等しく、新鮮な魚料理を手頃な値で出してもらえるのを承知している常連客が宴会に利用する場合がほとんどなのだ。

「お待たせしやした」

竜太は左内の先に立ち、店の腰高障子を開ける。

半畳の土間には雪駄が二組と、ちびた冷飯草履が一組だけ置かれていた。

脇の台所では、小太りの中年男が油を熱した鉄鍋の前に付きっきりになり、盛んに天麩羅《てんぷら》を揚げている。

盛りつけ用の大皿の傍らには大振りの笊《ざる》が置かれており、腸《はらわた》と中骨を抜いた青鱚《あおぎす》が油に潜らせるのを待つばかりの姿で山と盛られていた。

治平《じへい》、四十二歳。

この『海ねこ』のあるじで、竜太とは叔父と甥の間柄だ。

永らく男やもめで稼業一筋に励んできた身だが、つい先頃に娘ほども齢の違う店の小女《こおんな》を女房に迎えたばかりだった。体付きこそ似ても似つかぬが、負けん気の強そうな目鼻立ちは甥の竜太と生き写しであった。若い頃には日本橋の魚河岸で働いていたそうで、客に供するための魚を選ぶ目は今も確かなものである。

「戻ったぜぇ、叔父貴」

「馬鹿野郎、お客人がいなさるときにゃ旦那って呼びやがれい」

威勢良く応じるや、治平は鍋に目を向けたまま挨拶する。

「取り込んでてすみませんねぇ、日比野先生。女どもが里に帰っちまってるもんで手が足りなくってね」

恐縮した様子の治平の腕には、ところどころに鰭の鱗《うろこ》がくっついている。いつも店を手伝っている若女房と出戻りの姉の二人が留守にしており、酒の燗《かん》から魚の下ごしらえまで一手に賄《まかな》っているとなれば慌ただしいのも当然だろう。

「構わんさ。私のことは構わぬ故、美味《うま》いのを頼むぞ」

脱いだ雪駄を揃えながら、左内は微笑を投げかける。

「そうだぜぇ叔父貴、じゃなくて旦那」

続いて草履を脱ぎ散らかしつつ、竜太は言った。

「何しろ先生はこの時分まで稽古に励んでいなすったもんで、夕飯がまだなんだ。天魅羅もいいけどよ、飯の温いのも早いとこ差し上げてくんねぇ」

「お前に言われるまでもないやな、竜の字。早いとこ先生を上へご案内しな」

「へいへい」

一言でやり込められ、竜太は首をすくめる。

台所の横には階段が設けられており、すぐ二階へ上がれる造りとなっている。階下の台所で酒肴《しゅこう》の支度が整うたびに速やかに持って上がり、天麩羅や汁物も熱いうちに供することが可能だった。

「それじゃ参りやしょうかね、先生」

「うむ」

竜太に先導され、左内は狭い階段を昇っていく。

二階の小座敷では、年老いた武家の主従が黙然と酒を酌み交わしていた。

「おお、日比野先生！」

先に気付いたのは上座に着いた武士だった。

座った姿からも、身の丈は五尺そこそこと見て取れる。

小柄ながら四肢が太く、がっちりとした武骨な体付きである。どんぐり眼《まなこ》で大きくえらが張っており、太々と結い上げた髷《まげ》は見事な銀髪だった。

「待ちかねたぞ。ささ、お入りなされい」

傍らに控えていた配下の家士が動くより早く呼びかけ、左内を自ら招じ入れる。

「失礼いたしまする」

刀を右脇に置いて座り、左内は慇懃《いんぎん》に一礼した。

「今宵はお招きに預かりまして有難う存じまする、塩谷様」

「堅苦しい真似はお止しなされ、水臭い」

老武士は面映ゆそうに続けて言った。

「貴公は儂にとっては命の恩人なのですぞ。もそっと偉そうにしていていただかなくては立つ瀬がござらぬわ」

塩谷隼人《はやと》、六十歳。

このすぐ近くに上屋敷を構える、摂津尼崎藩四万五千石の江戸家老だ。

還暦を来年に控えた身ながら壮健そのもので、若かりし頃に家中で随一と謳《うた》われた中条流の剣の手練でもあった。

左内と知り合ったのは今春に御家騒動で命を狙われたとき、刺客を自らの手で返り討ちにするべく入門してきたことがきっかけだった。先だって聞いたところでは家中の血生臭い政争もひとまずの終息を見たとのことで、まだ若干の疲労を面《おもて》に滲《にじ》ませてはいるものの元気そうである。

「その節は重ね重ね、雑作をかけ申した」

「何ほどのこともありませぬ。ご無事で何よりでした」

恐縮した様子の隼人を気遣うように、左内は微笑みかける。

「向後も何卒《なにとぞ》、お命を大事にしてくださいませ。さもなくば、御家のために落命せし方々も浮かばれませぬぞ」

「忝ない」

どんぐり眼を伏せて、隼人は目礼を返す。

先の御家騒動においては家中の人々が複数名、命を落としていた。寸前で救うことが叶った者もいたが、図らずも空しくさせてしまった者のほうが遥《はる》かに多い。騒動の一端しか知り得ていない左内だが、隼人の胸中を思うと複雑な心境であった。

「されば殿、日比野先生にご酒を差し上げてくだされ」

しんみりとした場を和らげるように、控えていた家士が告げてくる。

身の丈は隼人と同じぐらいだが頬がまるくて福々しい、好々爺《こうこうや》然とした風貌の持ち主だった。

「先生に一献差し上げれば、良き功徳となりましょう。さ……」

「済まぬの、作左《さくざ》」

礼を言いながら、隼人は差し出された酒器を取る。

家士はまめまめしく杯洗を使い、左内に酌をする支度をした。

金子作左衛門《かねこさくざえもん》、六十一歳。

隼人とは主従の間柄だが、乳兄弟《ちきょうだい》として肉親同様に育った身である。主人が全幅の信頼を預ける左内に対しては、いつも礼を失することなく接していた。

「ほい、お待ち遠」

左内が杯を受けていると、階下に引っ込んでいた竜太が二つの膳を運んできた。

一つは隼人と作左衛門の酒肴に供する天麩羅の盛り合わせ、今一つは左内のために治平が拵えた丼物だった。

「飯が冷めちまってたもんで、ちょいと工夫してみたそうでさ。賄い飯みてぇなもんですみやせんが、どうぞ召し上がっておくんなさい」

「成る程、これは美味そうだ」

目の前に置かれた丼を一目見るや、左内は表情を輝かせた。後の世の天丼と違って冷や飯を盛った上に青鱚の天麩羅を載せ、獅子唐《ししとう》の精進揚げを添えて粗塩《あらじお》をやや多めに振っただけのものだが、胡麻油《ごまあぶら》の香りが何とも堪らない。稽古で汗を流した体には塩加減がきつめなのも有難かった。

「儂もそちらのほうが良かったかのう」

小皿の塩を少しずつ付けて嚙《かじ》りながら、隼人は羨《うらや》ましげにつぶやく。

「生憎《あいにく》だが、飯はもう売り切れだよ。それにお前さんは塩っ気を控えたほうがいいんだからな、お若い先生と同じもんを差し上げたらひっくり返っちまわあな」

作左衛門の酌でお相伴《しょうばん》に預かりながら、竜太はさらりと告げていた。

「それより爺さん、話のほうはもう済んだのかい？」

「おお、肝心なことを忘れていたのう」

竜太の言葉で何か思い出したらしく、隼人は箸を置く。

「日比野先生、よろしいか」

「はい」

食べ終えた丼を膳に戻し、左内も膝を揃えて居住まいを正した。

「聞けば、貴公は来る白河様の御前試合に飛び入りをなさるお積もりだそうだの」

「え……何故にご存じなのですか」

「条太郎が知らせてくれたのじゃ」

「左様でしたか……お恥ずかしき次第に存じまする」

「ほんに自重なされよ」

苦言を呈する隼人の貌《かお》は、すっかり父親めいたものになっている。

「お暇を頂戴しておるとは申せど、加賀百万石のご家中の方とあろう者が軽はずみな真似をなさってはいかん。よろしいな？」

「はい……」

「条太郎のことも、悪う思うてはなりませぬぞ」

「心得おります」

柴崎条太郎と塩谷隼人は『海ねこ』の客同士として知り合った仲である。御前試合に左内が飛び入りすると言い出したのを無謀なことだと条太郎は案じ、密かに相談を持ちかけていたらしい。

早くに妻を亡くし、子宝に恵まれぬままで過ごしてきた隼人は、左内をどこか息子のように想ってくれている節がある。

なればこそ師と仰ぎつつも、こうして苦言を呈さずにはいられないのだ。

「そういうことなら、お任せいただこう」

更に窘められるのかと思いきや、隼人は意外なことを言い出した。

「敢《あ》えて無茶をなさらずとも、儂が口を利いて差し上げましょうぞ」

「ま、真実ですか」

俯いていた左内は、驚いた様子で顔を上げる。

「易きことじゃよ」

隼人は自信たっぷりに請け合った。

松平定信が御前試合を人知れず毎年催す場所は、ここ鉄砲洲とは目と鼻の先の築地に構えた別邸だった。一万七千坪余の広大な屋敷地は、隠居後の住処《すみか》として公儀より拝領したものである。その公儀が禁じた御前試合を拝領屋敷で開催するとは、定信も大した度胸の持ち主と言えよう。

もっとも、たとえ露見したところで処罰される可能性は低い。

定信自身は幕閣の中枢から退いたとはいえ、現職の老中たちは彼の息がかかった者で占められているからだ。

「まぁ、飛び入りなど試みれば無礼討ちにもされかねぬであろうがな」

「左様でしたか……」

「とまれ、万事お任せくだされ」

江戸の諸藩邸に常勤する藩士たちは、たとえ主君同士では交流を持っていなくても実務上の交流がある。まして江戸家老の要職を務める隼人ならば、白河藩に顔が利くというのも思えば当然のことだった。

「忝のう存じます、塩谷様」

「何の、何の。さても目出度《めでた》きことじゃ」

隼人は我が事のように喜んでいた。

「大いに名を売りなさるがよろしいですぞ、先生」

左内が御前試合に出ると決めたのが、嬉しくて仕様がないらしい。

自分と同じ中条流の剣を遣い、比類無き実力を備えていながら世に出ずに過ごしていてはもったいないと、かねてより惜しんでいたが故のことだった。

「条太郎にも勧めておいた故な、二人揃うてお励みなされよ」

「条さんも？」

「大海には若いうちに出るのが一番ですからな。あやつにとっても、これは良き折にござろう」

杯を満たしてやりつつ、隼人は優しく語りかける。

「ご武運を祈っておりますぞ、先生」

「有難うございまする」

謹んで杯を空けた上で、左内は座り直す。

「明朝も稽古をいたしとう存じます故、失礼させていただきまする」

どこまでも折り目正しい立ち居振る舞いであった。

竜太に送られて左内が辞去した後も塩谷主従は居残り、しんみりと燗冷ましを口に運んでいた。尼崎藩邸はすぐ最寄りであり、藩邸の番士たちが心得てくれているので遅くに帰っても障りはない。

「それにしても飛び入りをしようとは、さすがの武者ぶりだのう。まこと、願わくば我が塩谷家の後継ぎに迎えたいものじゃ」

「そう願いたいものですなぁ……」

隼人のつぶやきに合わせて頷きつつ、作左衛門は手酌で杯を満たす。寛《くつろ》いでいるようでいて、福々しい顔にはどこか不安の色が差していた。

「されど殿、こたびは大事ありませぬのか」

「何と申す、作左？」

杯を舐めながら、隼人は怪訝そうに見返す。

別段、不快そうにはしていない。共に育った乳兄弟の言葉には何であれ素直に耳を傾けるのが幼い頃からの習慣であり、何を言われても立腹することはないのだ。

しかし、作左衛門が続く一言を口にしたとたん、隼人は表情を強張らせずにはいられなかった。

「白河様の御前試合と申さば、あの奇傑が必ずや出て参りまするぞ」

「……子竜《しりゆう》殿のことか」

「御意」

作左衛門は厳かな面持ちで頷き返す。

「他にも賑やかしに有象無象が集まり居りましょうが、日比野先生の敵たり得るのは平山《ひらやま》様を措いて他にはございますまい」

「やはり、おぬしもそれを案じておったか」

「は」

「噂に聞いた忠孝真貫流《ちゅうこうしんかんりゅう》の短竹刀《たんしない》、左内殿でも危ういかのう……」

酔いも覚めた心持ちで、隼人はつぶやく。

老いたりとはいえ、この男もひとかどの剣客である。自身も腕に覚えがあればこそ余人の腕前を見抜くことも出来るのだが、先程からの話題の主は隼人が見込んだ左内を以てしても太刀打ちし難い手練であるらしい。何しろ、武芸自慢の主人とは正反対で剣術への関心も薄い作左衛門が即座に挙げるほど高名《こうめい》な人物なのだ。

しかし、ひとたび周旋すると請け合っておきながら約束を反故《ほご》にするわけにもいくまい。それに子細は定かでないものの、左内はこたびの御前試合に並々ならぬ意欲を持って臨もうとしているのは明らかだった。

息子とも想う若者のために後押しをしてやりたい。そんな隼人の真意は、作左衛門とて重々承知の上なのだろう。なればこそ、強いて止め立てはしないのである。

「某《それがし》が申すのも差し出がましゅうございますが、ここは日比野先生のお望みのままにお取り計らいなさるがよろしいかと存じまする」

「作左……」

「強き者と立ち合うて危地を脱し得たならば、先生は更に大きな殿御となられることでありましょう」

「……うむ」

言葉少なに頷くと、隼人は杯を取る。

作左衛門はもはや何も口にせず、慎ましやかに酌をする。

障子窓の向こうから聞こえる櫓音は、徐々に遠ざかっていった。

七

かくして六月も後半に至り、御前試合の当日と相成った。

表向きは禁じられている試合のため、所用と称して道場を休みにした左内は条太郎と連れ立って築地へ赴いた。

「こちらでお支度をなされよ」

定信の近従と思しき松平家の家臣に案内された控えの間は個室だった。

その他大勢の出場者とは一線を画する厚遇は、出場を周旋してくれた塩谷隼人の顔が利いたがためなのだろう。

「あのご老人、存外に大物なのだな」

同室となった条太郎は感心しきりだった。図らずも左内に付き合って出場する運びとなった形であるが、思わぬ舞台を得たことを喜んでいるらしい。

「とまれ、着替えましょうか」

「うむ」

持参の道着を拡げる左内に倣い、条太郎も着替えを始める。こちらは自前の道着を持ち合わせていないため屋敷の者に所望し、家中の士の稽古用だという藍染めの上衣と角帯、そして綿袴の一式を用意してもらっていた。

一方の左内は愛用の防具と竹刀、そして三振りの木刀をまとめて持参している。木刀での立ち合いを望まれれば大中小の木刀から適切な得物を選び、竹刀で来れば防具を着用した上で対戦するつもりで、抜かりなく支度を整えてきたのだ。

「まるで戦《いくさ》支度だの」

袴紐を締めつつ、条太郎は何気なくつぶやく。

「左様……戦となれば手加減はしませんよ、条さん」

答える左内の声は落ち着いたものだった。

「望むところだ」

身支度を整え終えた条太郎は、不敵な笑みを以て左内に応じるのだった。


試合の場は、広々とした中庭の一画に設けられていた。

梅雨明けの時期を選んだのは、屋外で思うさまに立ち合わせようという思惑ゆえのことらしい。

左内が最初に対戦したのは大太刀の遣い手だった。

三尺余りの長木刀を引っ提げた対手は身の丈五尺七寸ばかりで、左内と向き合っても見劣りのしない偉丈夫《いじょうふ》である。

長尺の得物を振るう腕にも、かなりの自信があるらしい。

「ヤーッ!!」

高らかに気合いの声を張り上げつつ、剣尖を突きつけるようにして迫り来る。

対する左内が手にしていたのは中条流の組太刀で用いられる、刀身が一尺二寸しかない短木刀だった。

当人が選んだ一振りとなれば、試合を裁く松平の家臣も余計な口は挟まない。

対手の大太刀遣いはと見れば、余裕の笑みを口の端《は》に浮かべていた。自分の木刀の三分の一ほどしかない短い得物で何が出来るのかと、明らかに侮《あなど》っている。

しかし、当の左内は平然と構えていた。

撞木にした左足を後方に踏み締め、凛とした瞳で見返している。

対手が踏み込んできてもすぐには退かず、片手中段に取った小太刀が大太刀と触れ合うぎりぎりの間合いを常に保持していた。

急いて打ち込む真似もしない。こういう場では派手に打ち合ったほうが観る者たちの注目を集めるはずなのに、泰然自若とした態度を崩すことなく保っている。

次第に焦《じ》れてきたのは対手のほうだった。

「うぬっ！」

怒声を上げるや、振りかぶりざまに突っ込んでいく。

刹那、左内は一気に踏み出す。左足に体の重心を載せ、上体を前にのめらせることなく地を蹴《け》って間合いへ飛び込んだのだ。

「わわっ!?」

勢い込んで大太刀を打ち下ろしたときにはもう、対手は右胴を抜かれていた。見事な一本勝ちだった。

続いての試合でも、左内は無駄に打ち合いはしなかった。

次なる対手は定寸の木刀を携えていた。身の丈こそ並だが胴回りが太く、膂力《りょりょく》も強そうな男である。

応じて、左内も持参した得物の中から二尺三寸物の中太刀を選ぶ。

「若造めが、さっさと参れぃ」

居丈高な挑発に乗ることもなく、中段の構えを取って静かに向き合う。

「鋭《えい》、鋭、鋭！」

続けざまに打ち込んでくるのを足さばきで回避し、深間には踏み入らせない。対手はどれほど力んで攻めかかろうとも、いたずらに疲労を積み重ねて息が上がっていくだけのことだった。

「……お、おのれぃ」

ぎりっと歯噛《が》みするや、対手は渾身《こんしん》の力で袈裟《けさ》掛けの一撃を見舞っていく。

遅滞なく、左内は木刀を打ち込む。

二条の得物がかぁんと音高く鳴った刹那、対手は瞠目《どうもく》した。左内は合わせた瞬間に木刀を反転させて逆に振り上げ、太い裏小手に当てていたのである。加減しなければ間違いなく手首の骨を砕かれ、真剣勝負ならば致命傷と成り得たであろう一手だった。

だが、まだ打ち倒されたわけではない。

退いた左内が木刀を収めんとするや、対手の剣客は激昂《げっこう》した。

「うぬっ、それで儂を制したとでも……」

異を唱えんと口を開きかけたとき、上覧席から威厳に満ちた一声が飛んできた。

「それまで！」

告げると同時に縁側に立ったのは松平越中守定信、四十七歳。

奥州白河藩十一万石の藩主にして、老中首座兼将軍補佐の大役を勤め上げた傑物は顎《あご》の張った、凜々しい風貌の持ち主だった。

大振りの双眸を喝と見開き、慌てて庭先に控えた剣客を睥睨《へいげい》する。

「おぬしも木刀を以て立ち合うたのならば、これは真剣に等しき勝負と心得よ。それとも、裏小手を断たれながら能《よ》く戦えるとでも申すのか？」

「め、滅相もござりませぬ。されど御前《ごぜん》、拙者はまだ敗れては……」

「死せる者が口を利くは異なることぞ。疾く退散せい」

有無を言わせず裁定を下し、背を向ける。

試合に敗れたことを認めずにいて死人呼ばわりされるのは、剣客にとっては最大の恥辱とされている。

されど、定信の所見そのものは正鵠《せいこく》を射たものだったと言えよう。

防具を着けて竹刀で立ち合う撃剣ならば面、小手、胴などのあらかじめ決められた有効打突以外は認められまい。しかし木刀での試合は真剣勝負と同様、人体の急所を先に捉《とら》えさえすれば勝ちと見なして差し支えない。打たれれば即死しかねない得物を双方の合意の下で選び、命懸けで立ち合っているからだ。

（さすがは越中守様……）

改めて勝ち名乗りを受けた左内は、上覧席へ向かって深々と一礼する。

己が培ってきた技倆を以て得た成果に、たしかな満足の念を覚えていた。


かくして、いよいよ条太郎と戦う番が来た。

双方が選んだのは木刀である。

左内は、今日の試合で初めて使用することになる大太刀。

条太郎が手にしたのは頑丈な白樫《しらがし》で作られた、大小の二振りであった。

（二刀流か）

香取神道流《かとりしんとうりゅう》に両刀の術が伝承されていたとは初耳である。

戦国乱世の実戦剣術たる香取神道流において、鎧《よろい》武者へ確実に致命傷を与えるための隠し技『崩《くず》し』を完全に会得するまでには至っていないとはいえ、条太郎は思った以上に修行を積んできた身であるらしい。

侮れば不覚を取る。そう思い定めて、左内は端然と試合の場に立った。

三尺一寸の大太刀を斜めにし、八双《はっそう》の構えとなる。如何にして仕掛けてくるのかが判然としない対手には、攻守のいずれにも適した八双で応じるのが肝要なのだ。

対する条太郎は二王之位――両の脇と肘を締め、体の横に垂直に立てて大小の二刀を構えた姿勢を取る。

「参るぞ！」

宣するや、だっと条太郎は地を蹴った。

二振りの木刀が唸りを上げて、交互に殺到する。

右手の大刀を払えば、左の小刀が迫る。

のみならず、下段からも不意を突いて打ち込んでくる。

その動きは、過日よりも鋭さを増していた。

条太郎は防御も完璧であった。左内のほうから打ちかかれば、十文字に交差させた両刀で受け止める。そのまま押し合うことなく左の小刀で払いのけるや、右の大刀で逆襲の一撃を見舞ってくるのだ。

二振りの刀を連携させた、変幻自在の動きであった。

この両刀を同時に制するのは、至難の業《わざ》と言うより他にないだろう。

ならば——

左内は意を決し、条太郎が小刀で防御する一瞬が訪れるのを待った。

二刀流においては洋の東西を問わず、左手に握った短剣で攻撃を防ぎながら右手に握った長剣で攻めかかるのが定石とされている。十文字受けを自在とする香取神道流の両刀術も、基本は同じと見なすべきだろう。

「ヤッ」

気合い一閃《いっせん》、左内は右斜面へ木刀を打ち込む。

「む！」

遅滞なく応じ、条太郎は小刀で薙《な》ぎ払う。

防いだのみで動きが止まったわけではない。

間を置くことなく振りかぶった大刀が、左内の真っ向を目がけて迫り来る。

刹那、蒼天《そうてん》の下に乾いた音が響き渡った。

「日比野、一本!」

定信は思わず勝ちを宣していた。

その視線の向こうで、条太郎が動きを止めている。

右手に握ったままの大刀は、左内の頭上すれすれで制止していた。

自ら寸止めにしたわけではない。

迫り来た一撃を左内は斜《はす》にした大太刀で受け止めるや、合わせた刀身を一気に下へと滑らせて、条太郎の右拳《こぶし》に当てていたのだ。

本身を全力で打ち込んでいれば、利き手は鍔《つば》ごと粉砕されていたであろう。木刀による立ち合いは真剣勝負に等しいという前提上、左内の勝ちは明白だった。

「やはり強いな、左内さんは……」

異を唱えることもなく、条太郎は木刀を収める。

打たれた拳は紫色に腫《は》れ上がっていたが、こちらも全力で脳天へ打ち込もうとした以上、何の不満も有りはしなかった。

続く試合は撃剣が中心となっていった。

最初は木刀で左内に挑む積もりでいたらしい面々も恐れを成し、屋敷の者から急遽《きゅうきょ》借り出した防具を慌ただしく着装していく。

左内は持参の防具に身を固め、愛用の竹刀を以て応じた。

木刀を用いずとも、後れを取りはしない。

どの対手も急所さえ狙われなければ恐れるには値せぬとばかりに、勢い込んで攻めかかってくる。しかし打撃は軽やかな足さばきでことごとく回避され、ならばと喉元を目がけて突きを見舞っていけば後方へ跳んでかわされてしまうのだ。

焦りを生じさせた上で左内は近間へ踏み込み、小手を打つ。得物こそ違っても無駄に打ち合わない古流剣術の基本を貫き、ただ一太刀で勝負を決めていることに変わりはなかった。

「一本！」

「ま、参った」

挑戦者は次々に敗れ去っていく。

あくまで左内は自然体であり、なればこそ手強い。思わぬ強者の出現に、出場者の剣客たちは動揺と嫉妬《しっと》を等しく覚えずにはいられぬ様子だった。

しかし、誰もが圧されていたわけではない。

「盛り上がって参ったのう」

「御意《ぎょい》」

満足そうにつぶやく定信の膝元に座していたのは、身の丈五尺そこその小柄な男であった。

取り立てて筋骨逞しいわけではなく、どちらかと言えば痩せ形である。目鼻立ちも整ってはいるが、目立たぬ相貌をしていた。

平山行蔵《ひらやまこうぞう》、四十七歳。

伊賀組同心の家に生まれた、三十俵二人扶持の御家人である。

されど、ただの軽輩ではない。

妻子も持たずに若くして隠居し、組屋敷に兵原草廬《へいげんそうろ》と称する道場を構えて修行三昧《ざんまい》の日々を送る行蔵は同い年の定信とは昵懇《じっこん》の間柄であり、御前試合にも毎年出場しては優勝をさらっていく強者《つわもの》だった。

江戸の剣術界に不案内な日比野左内には知る由もないことだったが、一御家人の身でありながら武芸十八般に精通して「奇傑」の異名を取る、稀代《きたい》の兵法者なのだ。

「勝てるか、平山?」

「勝負とは時の運にございまする」

定信の興味津々《しんしん》の問いかけに、行蔵は淡々と答えていた。

「弱気だの」

「とまれ、ご照覧あれ」

抑揚のない声でそれだけ告げ置き、腰を上げる。

すでに他の取り組みは終わっており、後は左内との決勝戦を残すのみであった。

八

左内が一息入れ終わるのを待ち、行蔵は決勝戦の場に罷り出た。

刺《さ》し子《こ》の道着と袴を穿いているのみで、面も小手も着けていない。それでいて得物は木刀ではなく、小太刀ほどの長さの短竹刀が一振りのみだった。

傍目《はため》には、左内の腕前を舐めているとしか映らなかったことだろう。

(この御仁、如何なる存念なのか？)

左内は内心で首を傾《かし》げていた。

子細は知らないが、軽輩の御家人だという。

自分と同様に勝ち残ってきたとはいえ、これまでの試合ぶりは外見と同様に、取り立てて目立ったものではなかった。

素面素小手で通してきたのは同じだが得物は定寸の木刀もしくは竹刀を用い、打ち込んでくるのに暫し時をかけて応じた上で一本取るというやり方だった。

相応に腕は立つのであろうし、定信侯が格別の信頼を預けているとなれば只者ではないのかもしれないが、どうにも強そうには見えない人物であった。

ともあれ、まさか自分だけ防具を着けたままというわけにはいくまい。

「暫しのお待ちを……」

いったん場外へ出て防具を外し、竹刀のみを携えて戻る。

行蔵の顔には、何の表情も浮かんでいない。造作の整った細面《ほそおもて》を前に向け、無言で左内と視線を合わせているばかりであった。

「始めぃ!!」

自ら裁定を買って出た定信の一声が、広い中庭に響き渡った。

刹那、左内は思わず目を見張った。

「!」

短竹刀を構えるや行蔵は形相を変じ、猛虎《もうこ》の如く突撃してきたのだ。小柄な五体のどこにそれほどの力が秘められていたのか想像し難いほど、俊敏な動きであった。

一直線に突き出された竹刀を、左内は横っ飛びにかわす。

まともに喰らえば胸板をしたたかに突かれ、悶絶《もんぜつ》していたに違いあるまい。なまじ重たい防具を着けずにいたからこそ、紙一重で回避し得たと言えよう。

「くっ」

歯噛みしつつ、左内は体勢を立て直す。

信じ難いことであったが、これは紛れもない現実なのだ。

行蔵は元の位置に戻り、両手を体側に下ろした自然体で立っていた。後世の剣道であれば注意を受ける姿だが、定信は何も言わずに見守っている。左内が再び構えれば即座に突きかかることが出来ると承知の上なのだ。

第二撃は、八双の構えを取った瞬間に殺到した。

横へ回避する余裕は与えられず、左内は後方へ向かって懸命に飛び退る。とたんに足がもつれ、仰向けにひっくり返っていた。

そのまま馬乗りになって締め上げれば、勝敗は決したことだろう。

しかし、行蔵はそうしなかった。

また元へ戻って自然体となり、左内が立ち上がってくるのを無言で待つ。

三度、四度と同じ光景が繰り返された。

左内が幾度よろめき倒れても深追いをせず仕切り直し、胸板を目がけての片手突きを際限なく見舞ってくる。

口の中にまで砂が入り、全身が真っ白になっていく。

(強い……)

砂まみれになった道着には幾つものほころびが生じ、胸板には竹刀にかすめられて青痣《あおあざ》が生じている。行蔵の突きは確実に左内を捉えつつあったのだ。

もしも真剣であれば、一撃で致命傷を負わされたことだろう。

そのほうがむしろ楽と思えるほど、左内は気圧《けお》されていた。

完全な優位に立ちながら、行蔵は一言も発さずにいる。

左内が立ち上がってきて構えを取るのを待ち、こちらが剣尖を向けたのを見届けたとたんに猛攻を仕掛けるのを倦《う》むことなく、繰り返していて平気なのである。

何という忍耐力、そして底知れぬ体力の持ち主なのか――

恐怖を覚えながらも、左内は立ち上がる。

これが最後と思い定め、中段の構えを取り直す。

と、そのとき。

朦朧《もうろう》とした左内の耳朶《じだ》を、静かな一声が打った。

「引き分けにござるな」

「うむ」

定信が頷くのを見届けた行蔵は短竹刀を収め、左内へ向かって一礼する。

そのまま去り行く背中を、左内は信じ難い想いで見つめるばかりだった。

何故に勝負を決めず、自ら引き分けと称して去ったのだろうか。

不可解なままに、満を持して挑んだ御前試合は終了した。


ひとたび試合が終われば、遺恨は残さぬのが剣客の作法である。

屋敷内の大広間には人数分の膳が整えられ、出番を終えた出場者たちが慰労の酒を振る舞われていた。

一方では判定を不服としてそのまま退散した者も多いらしく、ところどころに空席が生じている。柴崎条太郎も姿を消していた。無礼なことには違いないが、居残った面々にしてみれば余った酒肴を廻してもらえるので喜ばしい。

上座には定信が就き、近従に一人一人呼び出させては杯を取らせている。

下位の者から先に振る舞われ、左内に声がかかったのは酒宴が始まってから小半刻が過ぎてからのことだった。

「大儀であったの。中条流と見受けたが、げに見事な太刀筋であったぞ」

面前に左内を座らせ、定信は鷹揚《おうよう》に微笑みかける。

「おぬしは若いながらも道場を構え居るそうだの？　折あらばぜひ一手、指南を頼みたいものじゃ」

「恐悦至極に存じまする」

慇懃に平伏しつつも、左内は畏《おそ》れながらと問いかけずにはいられなかった。

「平山氏は……何処へお出ででありまするか」

「成る程、それを気にしておったのだな」

左内が言上するや、定信は苦笑を漏らした。

「あれは酒も生臭《なまぐさ》も断っておる身なのでな、斯様な折でも強いて同席させるわけには参らぬ。何しろ常在戦場《じょうざいせんじょう》を旨としておる奴だからのう……仕官も望まず、修行のみに生きておる。世人から奇傑と揶揄《やゆ》されるもやむなしであろうの」

ほろ酔い加減のためかもしれないが、定信は饒舌《じょうぜつ》だった。

武家であれ公家であれ、上《うえ》つ方《かた》は最低限の口しか利かぬのが常である。なればこそ拝謁《はいえつ》した下つ方の人々は一言二言を賜《たまわ》っただけで感激せずにいられないのだ。

しかるに定信は先程から良く喋《しゃべ》り、惜しみなく笑みを振りまいている。行蔵にこそ手も足も出なかったものの、左内のことがよほど気に入ったらしかった。

「とまれ、大儀であった。杯を取らせる」

「頂戴いたしまする」

左内は伏し拝むようにして杯を受ける。今の顔を定信には見られたくないと思えばこその所作だった。

御前試合の報いはこの一杯のみと思えば、羞恥の念を覚えずにはいられない。

最後の最後で惨敗を喫したことを理由とし、定信の近従から下げ渡された金一封は謹んで固辞した後だった。

本来の目的であった売名のほうは、遠からず実現するに違いない。

畏れ知らずの若造も天下の奇傑相手には手も足も出ず、文字通りに一敗地に塗《まみ》れたという悪しき噂を以て――

そんな胸の内など知る由もなく、定信は朗らかに告げてくる。

「仕官を望むとあれば歓迎いたすぞ。おぬしが望むならば、白河の城に詰めて貰うても構わぬ。どうじゃ？」

「身に余る光栄に存じまするが、何卒《なにとぞ》ご容赦くだされませ……」

格別の申し出にも、左内は首肯することができずにいた。

九

酔えぬ酒を馳走になった後、左内が家路に就いたのは日暮れ前だった。

歩けば半刻ばかりの距離であり、駕籠《かご》や猪牙を仕立てるほどではない。平山行蔵の猛攻で痛め付けられた五体の疲れも抜けつつあった。

しかし心に翳りが生じていれば、自ずと脚の運びも遅くなる。大川沿いに歩くうちに陽は西へ傾き、永代橋に差しかかった頃には完全に沈んでいた。

暗い面持ちのまま、左内は土手を歩んでいく。

担いだ防具と得物の一式が、何とも重くて堪らない。投げ出してしまいたいような想いに幾度も駆られつつ、黙然と歩を進めてゆくばかりだった。

「…………」

永代橋の袂に立ち、深々と溜め息を吐く。

人の往来は絶えており、周囲には提灯の明かりひとつ見当たらない。辺りには濃い闇が立ち籠めているばかりであった。

と、そのとき。

左内の表情が不意に険しくなった。

後方から入り乱れた足音が聞こえてくる。

二人や三人ではない。少なくとも、二十を超える頭数だろう。

駆け出そうとしたときにはもう、左内は周りを囲まれてしまっていた。

「往生せえ、日比野左内！」

告げるや否や、一斉に刀が抜き連ねられる。脅しでないことは、覆面から覗かせている両目が猛々《たけだけ》しくぎらついていることからも見て取れる。

「何故の襲撃かっ」

「知れたことよ。白河侯が御前にて我らが受けし耐え難き恥辱を、うぬが一命を以て雪《そそ》がせてもらうのだ!!」

「何……」

左内は状況を理解した。

この者たちは、御前試合で敗れ去った剣客なのだ。

惨敗を喫した怒りの赴くままに徒党を組み、後を尾《つ》けてきた末に襲撃を掛けてきたのである。もとより、話など通じるはずもあるまい。

担いだ防具を足元に下ろし、左内は鯉口《こいぐち》を切った。

左手で鍔元を握り込むようにして鍔を押し出し、鞘《さや》を引かんとする。

しかし、抜き打つ閑は与えられなかった。

「く！」

足元を薙ぎ斬ろうとした一撃をかわし、左内は後方へ向かって跳ぶ。

軋《きし》む橋を踏み締めて立ち、辛うじて鞘を払ったときには第二撃が殺到してくる。

袈裟に斬り付けてくるのを受け流し、返す刀を振るったが手ごたえはない。試合の疲れもあって、思うように敵を捕捉《ほそく》できずにいるのだ。

「こやつ、平山めに痛め付けられて参っておるな」

「ならば好都合というものよ。小賢《こざか》しい若造め、膾《なます》斬りにしてくれるわ！」

嬉しげに言葉を交わしつつ、一団を率いてきた二人の男が抜刀する。

体格から見て取るに、初戦にて左内に敗れ去った大太刀遣いの偉丈夫と大兵肥満の男に相違なかった。

（これまでか）

八双に取った刀を懸命に構えたまま、左内は動けずにいる。

と、そこに小柄な人影が風を巻いて飛び込んできた。

「平山様？」

「退いておれ」

言葉少なに告げてきたのは誰あろう、あの平山行蔵だった。

驚いたのは襲撃者の一団も同様であった。

「何とするのか、うぬっ」

「邪魔立ていたさば容赦はせぬぞ！」

数に任せて吠《ほ》え立てるのに対して無言のまま、行蔵は佩刀《はいとう》に手を掛ける。

帯びていたのは、あの短竹刀のように五体に見合った得物ではない。小柄な身の丈に釣り合わぬ、実に四尺余もの堂々たる大太刀である。

「愚か者め、うぬが短軀《たんく》で抜けると思うのかっ」

負けじと前に出てきたのは、大太刀遣いの偉丈夫だった。

抜き身を振るって襲いかかった刹那、闇の中に烈しい金属音が上がった。

「手の内が甘いの。それで三尺物を差して歩くなど、十年早いわ」

中途まで抜き上げた刀身で防御した格好のまま、行蔵は淡々とつぶやく。まだ半ばしか鞘を払っていないというのに、十分と言わんばかりの素振りであった。

次の瞬間、偉丈夫の上体がくの字に折れる。行蔵は合わせた刃をそのままに大太刀の長柄を旋回させ、みぞおちに当て身を喰らわせたのだ。

「おのれっ」

相棒が悶絶したと見るや、肥満体の剣客が怒号と共に斬りかかる。

応じて、行蔵は四尺余の刀身を横一文字に抜き上げる。小手先ではなく、五尺の体全体で伸び上がるようにして鞘を払ったのだ。

「ううっ⁉」

剣客が動揺の声を上げる。全力で打ち込んだ一撃を阻まれるや、ものの見事に打っ外されたのだ。よろめきかけたのを踏みとどまろうとしたときにはもう、返した峰で首筋を打たれてひっくり返っていた。

「参るぞ」

一言告げて、行蔵は襲撃者たちの直中《ただなか》へ踏み入ってゆく。

「む！」

「ぐわっ」

長尺の刀を自在に操っての、見事な峰打ちだった。

「今宵の仕儀は口外するまい。したが、二度と白河侯が御前に罷り出るでないぞ」

「こ、心得申したっ」

襲撃者たちは振り向きもせず、ほうほうの体で逃げ去っていく。

「災難だったの」

左内に向き直った行蔵は、息ひとつ乱してはいなかった。

「御礼の申しようもございませぬ」

「何の」

恐縮しきりの左内に淡々と告げながら、行蔵は納刀する。鞘に納められていく刀身には一滴の血脂《ちあぶら》も付いてはいない。あれほど多勢の敵を一人とて斬ることなく当て身と峰打ちだけで圧倒し、蹴散らしてのけたのだ。

とても尋常一様の技倆で為し得ることではないだろう。

平山行蔵は真の強者だったのである。

しかるに自分はただ一度の惨敗に倦んだがために思わぬ不覚を取り、何処の馬の骨とも知れぬと侮った人物に命を救われたのだ。

つくづく情けないことと言わざるを得まい。

（情けなき哉《かな》……）

そんな左内の胸の内を察したかの如く、行蔵は静かな面持ちで言った。

「兵法者とは名を売るばかりが能ではあるまい。そなたが何を望んで御前試合に出たのかは存ぜぬが、斯様な輩《やから》の妬心《としん》を買うばかりでは無益なことぞ」

「研鑽《けんさん》に励みて日々を送っておれば、自ずと道も拓《ひら》けよう」

「こ、心得まする」

頷き返す左内に、もはや行蔵は苦言を呈しはしなかった。

「さらばじゃ」

飄然《ひょうぜん》と去り行く奇傑の背に、左内は深々と一礼する。

そこに新たな足音が聞こえてきた。

「大事ないか、左内さんっ」

声の主は柴崎条太郎だった。抜き身を肩に引っ担ぎ、息せき切って駆けてくる。

「来てくれたのか、条さん……」

「敗退せし連中が胡乱《うろん》な動きをしておったので、もしやと思うてな……とまれ、無事で何よりだったよ」

左内に敗れたことなど、まるで根に持っている様子はない。

「忝ない」

月明かりに照らされる左内の相貌に、羞じらいの色が差している。

「それにしても、腹が空いたなぁ」

「平山様……」

安堵した様子で納刀しつつ、条太郎は言った。

「されば奢りましょう」

微笑み返す左内の表情に、もはや憂いの色はない。

自分は驕《おご》っていたと、今こそ自覚したのだ。

兄を見付けるための一策にと出場を思い立ったはずなのに、快調に勝ち進んでいくうちに本来の目的を見失い、優勝するのに熱中してしまったことを心から恥じ、自省していたのであった。

真摯《しんし》に自分を磨き直し、二度と驕りの心が生じぬようにしなくてはなるまい。

左内は改めて、そう心に誓っていた。

「ならば、あの蕎麦屋が良いな」

かかる胸の内を知る由もなく、条太郎は嬉しげに頬を綻ばせる。

「心得ました」

踵を返す左内の横顔にも、明るい笑みが差していた。

十

翌日。弟子の少年たちに稽古を付け終えた左内は、小千谷縮の着流し姿で向柳原の裏店を後にした。

夕日に映える大川沿いに、徒歩で向かった先は鉄砲洲の『海ねこ』である。

「おお、待ちかねたぞ」

古びた階段を軋《きし》ませて二階座敷に登っていくと、塩谷隼人が迎えてくれた。

試合の結果は翌日早々に報告すると、あらかじめ約束していたのだ。

「……げに江戸は広いのう」

左内の包み隠さぬ告白を聞き終えた隼人は、しみじみとつぶやいた。

「されど、己より強き者に出会うたは僥倖《ぎょうこう》と思われるがよろしかろうぞ、先生」

「塩谷様？」

「儂にも覚えがあるのでな……」

「お若い頃の話ですよ」

遠い目になった隼人に代わり、下座の作左衛門が苦笑まじりに言い添える。

「仕官を望んで参った浪人と立ち合うように、御上《おかみ》（主君）より直々に仰《おお》せつかりまして ね……要は早々に打ちのめし、追い返せと命じられたわけです」

「余計なことを申すでない、作左っ」

「ま、ま」

慌てる隼人を宥めると、作左衛門は言葉を続けた。

「そやつが大した手練にござってな、しかも無手勝流という類で、立ち合いの作法も委細構わずに木刀を引っ摑《つか》んで倒そうとしたり、競り合いながら片手で襟首《えりくび》を締めてくる始末にて、すんでのところで殿は打ち負かされるところにございました。後にも先にも、本身に非ざる立ち合いであれほど必死になられたのを某は目の当たりにしたことがありませぬ」

「塩谷様が、そこまで……」

「まぁ、油断召された殿が悪いのですよ。それから先はご自省なされて、二度と同じことは繰り返されませなんだが……斯様な仕儀は、刀を取る身ならば誰にでもあると申せましょう」

と、作左衛門は視線を巡らせる。

隼人は黙り込んだまま、窓の外の暮れなずむ気色に目を向けていた。

階下から良い匂いが漂ってくる。治平が酒肴の支度を整えてくれているのだ。

「とまれ、一献傾けようぞ」

気を取り直した様子で、隼人は左内に向き直った。

「されば、支度を急かして参りましょう」

心得た様子で作左衛門が腰を上げる。

二人きりになったところで、隼人は照れ臭そうに告げてきた。

「作左めも言うておったが、不覚を取ることは誰にでもあるもの。思い詰めてはなりませぬぞ」

「はい。その積もりで居ります る」

「よしよし、それでこそ儂の先生じゃ」

左内が素直に答えるや、隼人は相好を崩す。まるで実の息子に接するような、打ち解けた素振りであった。

そこに作左衛門が酒器を運んできた。

三人の杯が満たされたところに、階段のぎしぎし鳴る音が続けて聞こえてくる。

「ほい、お待ちどおさん」

竜太が持ってきてくれたのは、お造りの大皿だった。

「こいつぁ店の奢りでさ。遠慮なく召し上がっておくんなさいやし」

「忝ない」

左内は面映ゆそうに目礼する。

一方、隼人のどんぐり眼は大皿に吸い寄せられていた。どうやら平目《ひらめ》らしいが身が厚く、白身魚でありながら脂がたっぷりと乗っている。見るからに食欲をそそられる見事なお造りだった。

ごくりと喉を鳴らす隼人の傍らで、作左衛門は山葵《わさび》を下ろすのに忙しい。

「早うせい、作左」

「暫しご辛抱くだされ、殿。山葵というものは、じっくりと下ろしてやらねば辛みが薄うなりますでな……」

急かされながらも、作左衛門は悠々とした手付きで下ろし金を遣う。

「さぁ、お使いくだされ」

待望の山葵を生醤油に溶き、一同は大皿に箸を伸ばしていく。

「うむ！」

一切れ嚙み締めたとたん、隼人が目を見開いた。

「うめぇかい、爺さん」

「爺さん呼ばわりするでない。とまれ、美味なる平目だのう」

「そうかい」

目を細める隼人を、竜太はおかしそうに見返す。

「だけどな爺さん、こいつぁ平目じゃねぇよ。ただの外道《げどう》さ」

「外道……？」

「釣りに出たお客さんが当てにしてた魚を引《ひ》っかけられねぇで、外れで釣っちまった雑魚《ざこ》のことさね」

「これ、客人に何というものを出すのだ」

「爺さんたちもうめぇうめぇって食ってたじゃねぇか」

作左衛門が諌《いさ》めるのにも動じず、竜太は涼しい顔で言った。

「長崎屋の手代に聞いた話じゃ、おらんだのかぴたんは俺らがうずまきって呼んでるこいつをえらく有り難がってよ、江戸にご逗留なさるたびに人知れず届けさせちゃ皮ぁ剝かせて、うどん粉をまぶしたのを油で焼いて召し上がっていなさるそうだぜ。雑魚は雑魚でも、そんじょそこらの代物じゃねぇのよ。まさか外国《とつくに》のお偉いさんが大のお気に入りたぁ知らなかっただろ？」

「むぅ……」

二の句が継げない隼人と作左衛門に、竜太はさらりと告げるのだった。

「ま、何処で獲れたもんだろうと、いいもんはいいってことさね」

何気ない一言は、左内の心に染みていた。

雑魚と侮っていては、その値打ちは永遠に見えては来ない。しかし、こうして口にしてみれば高値で味に定評のある魚にも負けず劣らず美味であり、日の本の魚類のことなど与り知《あずか》らぬはずの異人の舌にも合うのである。

自分でも気付かぬうちに、左内は驕りを覚えていた。

古伝の名流の剣を修めた腕に自信を持ち、己が名には世に喧伝するだけの値打ちがあるのだと思い定めてしまっていた。

しかし、世の中とはそう甘いものではない。

軽輩の御家人の家に生まれた身で、何処のものとも知れぬ流派の名を掲げながらも比類無き手練という傑物も存在するのだ。

平山行蔵に完敗したことで、左内は自身の至らなさを思い知った。

だが、それは恥辱でも何でもない。

己が未熟を思い知る機会を得たのは、改めていくべき点を自覚できたということである。御前試合の一件は、まさしく好機だった。

窓外から吹き込む風が心地よい。

陽暦では八月を迎える頃だけに、連日の暑さが続いている。

しかし、ゆめゆめ焦ってはなるまい。

(待っていてくだされ、兄上)

季節は巡り、また新たな年が訪れる。

いつか必ずや、兄と対面する日も巡ってくる。

そのときに臆することなく向き合えるように、心して日々を過ごしていきたい。

まずは、この猛暑を乗り切るのが肝要であろう。

「馳走になるぞ、竜太」

左内は潑剌と大皿へ箸を伸ばしていく。

わずか二月余りの後——文化元年九月に突如として公儀よりお触れが出され、江戸市中に道場を構えることと町人相手の剣術指南が禁じられるとは、神ならぬ身の若者には夢想だにし得ないことであった。

本書は書下ろしです。

|著者| 牧 秀彦　1969年東京生まれ。早稲田大学政治経済学部経済学科卒業。東芝経理部に6年間勤務後、著述業に転職する。目下展開中の連作時代小説には「五坪道場一手指南」シリーズ（講談社文庫）、「辻番所」シリーズ（光文社文庫）、「隠居与力吟味帖」シリーズ（学研M文庫）、『江都の暗闘者』（双葉文庫）などがある。『塩谷隼人江戸常勤記』（ベスト時代文庫）は「五坪道場一手指南」シリーズの名脇役が主人公となって活躍する、期待の外伝。時代小説の執筆と並行し、講談社野間道場にて剣道・居合道を鋭意修行中。現在、全日本剣道連盟（全剣連）居合道五段。武道としての剣を学ぶ一方で、映像作品の殺陣とシナリオにも意欲的に取り組んでいる。

凛々《りんりん》　五坪道場一手指南《ごつぼどうじょういつてしなん》

牧《まき》 秀彦《ひでひこ》

講談社文庫

定価はカバーに
表示してあります

2008年12月12日第1刷発行

発行者――中沢義彦
発行所――株式会社　講談社
東京都文京区音羽2-12-21　〒112-8001
電話 出版部（03）5395-3510
　　販売部（03）5395-5817
　　業務部（03）5395-3615

デザイン―菊地信義
本文データ制作―講談社プリプレス管理部
印刷――――豊国印刷株式会社
製本――――加藤製本株式会社

Printed in Japan

ISBN978-4-06-276228-1

講談社文庫刊行の辞

二十一世紀の到来を目睫に望みながら、われわれはいま、人類史上かつて例を見ない巨大な転換期をむかえようとしている。

世界も、日本も、激動の予兆に対する期待とおののきを内に蔵して、未知の時代に歩み入ろうとしている。このときにあたり、創業の人野間清治の「ナショナル・エデュケイター」への志を現代に甦らせようと意図して、われわれはここに古今の文芸作品はいうまでもなく、ひろく人文・社会・自然の諸科学から東西の名著を網羅する、新しい綜合文庫の発刊を決意した。

激動の転換期はまた断絶の時代である。われわれは戦後二十五年間の出版文化のありかたへの深い反省をこめて、この断絶の時代にあえて人間的な持続を求めようとする。いたずらに浮薄な商業主義のあだ花を追い求めることなく、長期にわたって良書に生命をあたえようとつとめるところにしか、今後の出版文化の真の繁栄はあり得ないと信じるからである。

同時にわれわれはこの綜合文庫の刊行を通じて、人文・社会・自然の諸科学が、結局人間の学にほかならないことを立証しようと願っている。かつて知識とは、「汝自身を知る」ことにつきていた。現代社会の瑣末な情報の氾濫のなかから、力強い知識の源泉を掘り起し、技術文明のただなかに、生きた人間の姿を復活させること。それこそわれわれの切なる希求である。

われわれは権威に盲従せず、俗流に媚びることなく、渾然一体となって日本の「草の根」をかたちづくる若く新しい世代の人々に、心をこめてこの新しい綜合文庫をおくり届けたい。それは知識の泉であるとともに感受性のふるさとであり、もっとも有機的に組織され、社会に開かれた万人のための大学をめざしている。大方の支援と協力を衷心より切望してやまない。

一九七一年七月

野間省一